Josef Haltrich

Die Macht und Herrschaft des Aberglaubens in seinen vielfachen Erscheinungsformen

Antigonos

Josef Haltrich

Die Macht und Herrschaft des Aberglaubens in seinen vielfachen Erscheinungsformen

Unveränderter Nachdruck der Originalausgabe von 1871.

1. Auflage 2024 | ISBN: 978-3-38645-337-0

Antigonos Verlag ist ein Imprint der Outlook Verlagsgesellschaft mbH.

Verlag: Outlook Verlag GmbH, Zeilweg 44, 60439 Frankfurt, Deutschland, info@outlook-verlag.de
Vertretungsberechtigt: E. Roepke, Zeilweg 44, 60439 Frankfurt, Deutschland
Druck: Libri Plureos GmbH, Friedensallee 273, 22763 Hamburg, Deutschland

Die Macht

und

Herrschaft des Aberglaubens

in seinen vielfachen Erscheinungsformen.

Mit einigen

Beispielen von Aberglauben aus dem Siebenbürger Sachsenlande

und einem **Anhange** enthaltend:

1. einen Bericht über die Feier des hundertjährigen Geburtstages von Alexander v. Humboldt in Schäßburg und über die Begründung einer Humboldtstiftung für das Schäßburger Gymnasium;
2. das Statut dieser Stiftung;

von

Josef Haltrich,

Gymnasial-Direktor in Schäßburg, in Siebenbürgen.

Der Reinertrag ist der Schäßburger Humboldtstiftung gewidmet.

Preis 10 kr. ö. W.

Etwaige Mehrzahlungen, wie klein sie auch seien, werden mit Dank angenommen und im Gedenkbuch der genannten Stiftung als Spenden nach §. 3 des Statuts besonders eingetragen.

Im Selbstverlage des Verfassers.

1871.

S. Filtsch's Buchdruckerei (W. Krafft) in Hermannstadt.

Herrn

Pfarrer Georg Binder in Keisd,

bem Anreger,

und den ungenannten beiden Herren

Hauptbegründern der Schäßburger Humboldtstiftung

in dankbarer Hochachtung

der Verfasser.

Die Macht und Herrschaft des Aberglaubens in seinen vielfachen Erscheinungsformen.

(Populär-wissenschaftliche Vorlesung, gehalten am 29. März 1871 in Schäßburg, in Siebenbürgen.

I.

Einleitung.

Es ist einer der größten Triumphe wissenschaftlicher Erkenntniß, daß die Hexenprocesse, welche einen Schandfleck in der Geschichte christlicher Staaten bilden, endlich vollends aufgehört haben. Wir können die Größe dieses Sieges der Aufklärung aus dem Umstande ermessen, daß nicht weniger als 9 Millionen Unglücklicher jenem furchtbaren Aberglauben und der Verblendung zum Opfer fielen und auf dem Scheiterhaufen für etwas büßten, was sie durchaus nicht verschulden konnten.

Christian Thomasius, Professor zu Halle, welcher nach Wolfgang Ratich, dem großen realistischen Neuerer, zuerst es wagte, statt der lateinischen Sprache die deutsche als Vortragssprache auf dem Katheder zu gebrauchen, war auch der erste, der zu Anfang des 18. Jahrhunderts den wissenschaftlichen Kampf gegen die Hexenprocesse begann, in Folge dessen dieselben allmälig aus den Gerichtshöfen verbannt wurden. Aber noch lange nachher wurden Zauberer und Hexen verbrannt; so

1751 in Quedlinburg eine Frau; ebenso

1782 in Glarus eine und

1793 in Polen zwei;

1823 wurde in Holland an einer angeblichen Hexe die Wasserprobe vorgenommen.

Ja noch 1851 stand eine Tochter der grande nation vor dem Geschwornengericht, von der das wüthende Volk glaubte, daß sie eine weiße Leber habe, somit eine Hexe sei.

Natürlich war es, daß auch Siebenbürgen und auch das Sachsen=
land von dem Hexenglauben sich nicht frei erhalten konnte und demselben
auch manche Opfer bringen mußte. Es gibt wohl wenige Ortschaften
auch unter uns, in denen keine Hexenverfolgung und kein Hexenproceß
vorgekommen.

Die Zahl der im 17. Jahrhundert allein in der Gegend von
Schäßburg und Reps gerichtlich Gemordeten beträgt, soweit bis jetzt die
Kenntniß reicht, gegen 25.

1697 schreibt Michael Hirling, Mitglied des damaligen Schäß=
burger Rathes, in seinen Kalender: „nach Keisd gezogen, ein Her
verbrennt.“

1731 wird in Schäßburg zum letztenmale eine Hexe verbrannt.

In Hermannstadt hatte die Witwe des Comes und Königsrichters
Valentin Seraphin im Jahre 1659 dasselbe Schicksal.

„1669 wird in Hermannstadt eine Her geschwemmt und wie sie
sich auch niederdrückte und schwer machte, wog nicht mehr als anderthalb
Loth und da sie frei schwamm, konnten sie die Knecht' nit unter das
Wasser drucken.“ So berichtet ein Chronist.

Aus vielen andern Orten des Sachsenlandes haben wir zahlreiche
Beispiele von Hexenprocessen.

In Siebenbürgen hat die letzte Hexenverbrennung in Marosch=
Váschárhely im Jahre 1752 stattgefunden.

Doch mit dem Aufhören der Hexenprocesse hat, wie anderwärts,
so auch bei uns der alte Wahnglaube, mag er auch nur in stiller
Zurückgezogenheit sein Leben fristen, noch nicht aufgehört; an vielen
Orten gibt es noch Abkömmlinge früher als Hexen gerichteter Personen,
welche das weniger gebildete Volk noch immer mit einem gewissen Miß=
trauen ansieht. Außer dieser Fortpflanzung durch Ueberlieferung erhält
der Hexenglauben auch sonst noch mancherlei neue Nahrung. Aber
gerichtlich verfolgt und bestraft werden angebliche Zauberer und Hexen
nicht mehr oder nur, insoweit der Hexenglaube von ihnen zu betrügerischem
Erwerb ausgebeutet wird. Weise Frauen und Männer können denn
in der Beziehung in unserer Zeit frei aufathmen und ungefährdet
alt werden.

Doch trotz der großen geistigen Errungenschaften unserer Tage
wandelt die Menschheit auch sonst noch lange nicht im Lichte der Ver=
nunft. Noch herrscht allgemein eine solche Unmasse von mancherlei Aber=
glauben, daß das geistige Leben der Menschen fast ganz davon über=
schüttet wird; ja man kann behaupten: daß die christliche Bildung bei

der Mehrzahl der Christen noch immer nur die leichte äußere Tünche bildet, hinter der alles Uebrige volles Heidenthum ist, das an tausend Stellen, sobald die Tünche abfällt, zu Tage tritt und zwar sind alle Schichten der menschlichen Gesellschaft Vornehme und Niedere, Ungebildete und Gebildete davon erfüllt, mag der Aberglaube auch hie und da scheinbar gröber und krasser, anderswo sublimer und feiner auftreten. Beweise davon in Menge liefern uns fort und fort die Tagesblätter und die eigne Erfahrung. Bekannt ist, wie in der Mitte des vorigen Jahrhunderts im Zeitalter der Aufklärung die höhern Gesellschaftskreise von den glücksritterlichen Abenteurern einem Grafen St. Germain, Cagliostro, Mesmer sich gröblichst foppen ließen, wie in neuerer Zeit die weltberühmte Kartenschlägerin Lenormand in Paris, der sogar Napoleon und Kaiser Alexander huldigten, durch die Leichtgläubigkeit der Menschen reich geworden; bekannt ist, wie man zu weit geringern Weibern, Zauberern, Wahrsagern, Wunderdoktoren noch allerwärts, ja in den Culturländern noch häufiger als bei uns, wallfahrtet in Equipagen wie zu Fuß, mag verschmähte Liebe, oder ein gestohlenes Pferd, oder sonst ein Unfall, oder eine Krankheit u. dgl. den Antrieb dazu geben und wie diese Magier auf dem Lande — bei uns gewöhnlich Zigeunerinnen, Sieb- und Kesselflicker, alte Weiber, walachische Popen u. dgl., die außer natürlicher Verschmiztheit oft nicht eine Spur von Bildung besitzen — zuweilen eine Praxis haben, welche an Umfang die der berühmtesten Aerzte übertrifft.

Haben wir ferner nicht nur jüngst vernommen, wie unzählige Krieger der siegreichen deutschen Armee nicht etwa Haarlocken oder dergleichen theuere Andenken ihrer Lieben aus der Heimat, sondern auch besondere abergläubische Schutzbriefe, die sie aus allen Fährlichkeiten des Krieges erretten sollten, bei sich geführt. Ach, wie viele von ihnen mag der Schlachtentod von ihrem Wahne geheilt haben! Lesen wir nicht nur eben (in der Gartenlaube Nr. 12, 1871), daß das bairische Wunderöl der heiligen Walpurgis zur „Ehre St. Geldbeutels, des Heiligsten unter den Heiligen der Christenheit und der Judenschaft" — welches nichts anders ist, als einfaches destillirtes Wasser, nicht nur auch jetzt noch als wunderthätig und heilsam in allen Krankheiten und Fährlichkeiten gepriesen wird, sondern auch immer noch gläubige Käufer findet, die es mit theuerm Geld bezahlen und zwar nicht etwa in Spanien und Italien, der Heimat des Aberglaubens, sondern mitten im sogenannten aufgeklärten Deutschland? Mundus vult decipi, ergo decipiatur: die Welt will betrogen sein, also werde sie betrogen! gilt noch heute. Wie lange wird Deutschland dem schlauen Fuchs in „Siebenspizen" und anderwärts noch

feinen Sünden= oder richtiger Dummheitstribut zahlen? O Auf=
klärung, wo ist dein Reich? Daß es doch endlich, endlich komme!

Von besonders merkwürdigem Teufels= und Geisterspuck, wie er ver=
einzelt hie und da vorkommen soll, wird auch häufig berichtet; manchmal
aber macht ein Aberglauben gleichsam zur Verhöhnung der Bildung und
Wissenschaft wie im Sturm seine Hexenfahrt über Länder und Meere
und verbreitet sich epidemisch unter den Völkern, bis er dann in Kurzem
gleich dem Teufelchen im Glase in sein Nichts zusammenschrumpft, wie
vor nicht gar lange der bekannte Unsinn des Tischrückens und Tisch=
klopfens aus Amerika kommend ganz Europa durchzog, bis er vielleicht
über Sibirien und die Beringsstraße wieder in seine Heimat gelangte.

Den Aberglauben in allen seinen Arten und in allen seinen ein=
zelnen Erscheinungen genau zu übersehen, ist unmöglich; es hieße das
Meer ausschöpfen wollen, wollte man einen solchen Versuch wagen.
Der Aberglaube in seiner bunten Mannigfaltigkeit bildet „gewissermaßen
eine Religion für den ganzen niedern Hausbedarf". (Grimm.)

Nur andeutungsweise will ich einige Arten und Eintheilungen des
Aberglaubens besprechen und erläutern.

Der Aberglaube im Allgemeinen ist ein After= oder falscher Glaube,
indem er zwischen Dingen ein ursächliches Verhältniß annimmt, welches
sie den Gesetzen der Natur und Erfahrung gemäß nicht haben, indem
er etwas als wahr annimmt, was sich bei genauer Prüfung als falsch
erweist. Man spricht nun von religiösem und politischem, von wissen=
schaftlichem (theologischem, juridischem, medicinischem, philosophischem,
pädagogischem, naturkundlichem, ökonomischem oder Wirthschafts= und
Kalender=Aberglauben 2c.), von Standes= und Berufsaberglauben so
z. B. Soldatenaberglauben, Schiffer= und Seemannsaberglauben, Berg=
mannsaberglauben, Hirtenaberglauben, Fuhrmannsaberglauben, Jäger=
aberglauben u. dgl.; ferner von nützlichem, schädlichem, indifferentem
Aberglauben; von Aberglauben der Sinne, des Verstandes, der Vernunft,
je nachdem man phantastische Truggebilde und Hirngespinnste für wirk=
liche Sinneswahrnehmungen, für richtige Begriffe, Urtheile und Schlüsse,
für haltbare Ideen und Vernunftwahrheiten annimmt.

Der religiöse Aberglaube ist seinem Umfange nach der bedeutendste.
Zu ihm gehören außer den fort und fort sich erzeugenden neuen Wahn=
vorstellungen über die Gegenstände des Glaubens die zahlreichen Reste
und Trümmer des altheidnischen Götterglaubens, welche in Sprache, in
Flurbenennungen, Sprüchen und Schelten, in Märchen und Sagen, in
Sitten und Gebräuchen, dann an bestimmte Zeiten des Jahres und des

Lebens; an Geburt und Taufe, Ehe und Hochzeit, Tod und Begräbniß, an Krankheiten bei Menschen und Vieh, an gewisse Verrichtungen und Erscheinungen im Hause und im Felde u. dgl. sich vielfach niedergeschlagen haben.

Zum politischen Aberglauben gehört z. B. der Glaube an das allgemeine Wahlrecht, welches allein den Volkswillen repräsentire, oder der Glaube an die absolute Autorität Eines despotischen Willens, oder der Glaube, daß die Monarchie oder Republik u. dgl. die absolut beste Staatsform sei 2c.

Jede Wissenschaft hat ihren Aberglauben. Am reichsten daran ist die theologische; die großen geistigen Fortschritte werden aber, wie in den übrigen Wissenschaften, so auch in ihr aufräumen und die ewige Wahrheit aus den der fernern Entwicklung widerstrebenden Umhüllungen, dem gelehrten Wust und Schutt, endlich befreien und mehr ins Licht stellen.

Ein pädagogischer Aberglauben ist z. B. der Glaube an die allein bildende und gescheidtmachende Kraft irgend eines bestimmten Unterrichtsgezenstandes, einer Uebung, wie der Denkübungen, oder einer Methode u. dgl. Ein philosophischer Aberglaube wäre der, daß das Heil der Welt von einem bestimmten System abhänge; — ein naturkundlicher ist der, daß die Erde stille stehe und die Sonne mit dem übrigen Sternenhimmel um die Erde sich bewege. Der neueste Aberglaube der exacten Naturwissenschaften setzt an die Stelle des lebendigen, seiner selbst bewußten Gottes ein blindes seiner selbst unbewußtes Naturgesetz und dieser Aberglauben tritt mit dem Sieg jauchzenden und triumphirenden Anspruch auf: die Formel gefunden zu haben, womit das Räthsel der Welt und des Menschengeistes zu lösen sei. Aber sobald man die Sache näher und tiefer betrachtet, zerplatzt die schöne Seifenblase. Aehnlich ist die Freude und der Triumph eines Kindes bei dem vermeintlichen Fang einer Fliege. „Ich habe sie!“ Doch — wie es die geklappte Hand öffnet, ist da das reine, leere, absolute Nichts, magyarisch: semi sem, walachisch: nui nimnik. Trefflich zeichnet Goethe diese Classe von Menschen in seinem Faust:

> Daran erkenn' ich den gelehrten Herrn:
> Was ihr nicht tastet, steht euch meilenfern;
> Was ihr nicht faßt, das fehlt euch ganz und gar;
> Was ihr nicht rechnet, glaubt ihr, sei nicht wahr;
> Was ihr nicht wägt, hat für euch kein Gewicht,
> Was ihr nicht münzt, das, glaubt ihr, gelte nicht.

Der Unglaube, welcher nur für wahr hält, was er mit den fünf kurzen Sinnen und dem hausbackenen Verstande faßt und mit dem ungläubigen Thomas alles andere als falsch und nicht bestehend verwirft ist ein ähnlicher Aberglaube. Hat denn das Auge je die Seele, den Geist, das denkende Ich gesehen, kann der Verstand ihr Wesen erfassen? und doch — was? — wie? — nun? — sind sie oder sind sie nicht? Wahrlich nicht Alles, was wahr ist und wahr sein kann, muß darum auch wie 2 mal 2 $=$ 4 begreiflich sein. Doch denken und prüfen und nichts blind zu glauben und als wahr anzunehmen, muß stets als Forderung an diejenigen gelten, welche auf Vernünftigkeit Anspruch machen.

Der ökonomische, der Wirthschafts= und Kalender = Aberglauben bedarf keiner nähern Erläuterung. Da ist nun meist Alles alte Erb= schaft und schließt sich zum Theil an die anderweiten Regeln der Bauernpraktik, die auf altererbter Erfahrung beruhen, an.

Die Eintheilung des Aberglaubens in nützlichen, schädlichen und indifferenten ist nicht recht haltbar. Denn schädlich ist eigentlich jeder Aberglauben, auch der sogenannte indifferente und unschuldigste, insofern er ein Wahn ist, der die Seele gefangen hält und Vieles, was einigen als schädlicher Aberglaube gilt, erscheint andern als nützlicher; ja manche, wie Chateaubriand in seiner Poetik des Christenthums, vertheidigen den Aberglauben überhaupt, da mit der beständigen Bekämpfung desselben allen Lastern der Weg gebahnt werde. Wenn christliche Theologen aller Bekenntnisse gegen die Teufelslehre sich besonders aus dem Grunde aus= gesprochen, weil die entsetzlichen Hexenprocesse wesentlich eine Folge dieser Lehre sein, behaupteten andere dagegen, daß allein die Furcht vor Teufel und Hölle die Welt vor dem Versinken in Verbrechen und Lasterhaftig= keit bewahre. So wird auch als ein besonderes Beispiel erzählt: ein aufgeklärter Pfarrer habe seiner Gemeinde die Nichtigkeit des Teufels gar schön erwiesen. Wer war froher als die Leute! Seitdem kam niemand mehr in die Kirche hinein und selten jemand aus dem Wirthshaus heraus. Wohl oder übel, nach vier Wochen brachte der Pfarrer seine Heerde durch das Versprechen einer großen Neuigkeit wieder in die Kirche und sprach: „Andächtige Zuhörer, ich sagte vor vier Wochen, es gebe keinen Teufel und das war auch richtig. Aber seitdem hat der liebe Gott mit eingesehn und es muß euch selbst einleuchten, daß es so nicht geht und da hat er einen neuen Teufel geschickt und der ist schlimmer als der alte." Seitdem war die Ordnung wieder hergestellt.

Die besondere Gönnerschaft der Supranaturalisten für den Teufel inmitten der sogenannten Aufklärungszeit drückt der Schluß einer Teufels=predigt aus:

Wenn alle Welt zu Stadt und Land
Den Teufel aus der Kirche bannt,
So kommt er doch zu Gottes Ehr'
Aus meiner Kirche nimmermehr.

Aber noch heutzutage findet der Teufel nicht nur gelehrte Ver=theidiger, sondern manche derselben wollen ihn sogar leibhaftig gesehen haben, wenn sie auch nicht wagen der Naturwissenschaft ins Gesicht zu schlagen und den Glauben der Reformationszeit emporzuhalten: daß Kinder mit Wasserköpfen Teufelsbrut und Wechselbälge sein, die statt des Menschenkindes in die Wiege gelegt worden, daß Hader, Mord, Aufruhr, Krieg item Ungewitter, Hagel, Ungeziffer, Getreide= und Vieh=verderben, Luftvergiften allein vom Teufel und seinen Gesellen herrührten. Die Existenz des Teufels dürfte wohl nur der sicher bezeugen können, den er geholt hat.

Gegen die Eintheilung des Aberglaubens nach den Seelenvermögen in Aberglauben der Sinne, des Verstandes und der Vernunft ließe sich auch manches einwenden; doch würde die nähere Erörterung der Sache vom Ziele dieses Vortrages zu weit abführen.

Nach diesen allgemeinen Bemerkungen wage ich es nun, Ihnen, geehrte Herrn und Damen, aus meinem vor 22 Jahren angelegten und seit der Zeit ziemlich vermehrten Herbarium siebenbürgisch=sächsischen Aberglaubens eine kleine Blumen= oder, wenn es ihnen richtiger erscheinen sollte, Distellese mitzutheilen. Erschrecken sie nicht und zürnen sie mir nicht, wenn ich die Behauptung voranschicke, daß in jedem von uns ein ganzes Vogelnest von Aberglauben stecke und zwar zu gleicher Zeit mit unzähligen tauben Eiern und solchen, die bald ausgehen und mit junger Brut, die halb flügge und ganz flügge ist und nur der Gelegenheit zum Ausfluge harrt. Daß manche sich dessen gar nicht bewußt sind, will ich glauben. Diese bitte ich insbesondere, genau darauf zu achten, ob sie bei irgend einem der Beispiele, die ich anführen werde, sich nicht als Mitschuldige ertappen. Wer aber, wenn ich am Schluße bin, sich ganz frei und rein weiß, also nie einen derartigen Aberglauben im Herzen gehegt und gepflegt, oder im Munde geführt hat, der nehme den Stein des Anstoßes und der Aberglaubenslosigkeit und werfe ihn auf mich.

II.

Niederschläge altheidnischen Glaubens in der sächs. Sprache.

Der höchste der altdeutschen heidnischen Götter Wôdan hat sich im wonslenk, einem Waldnamen bei Mühlbach, im gîzembrig = Götzenberg, einer Gebirgskuppe bei Heltau erhalten. Den wodesch, eine Hochebene bei Hetzeldorf und die wosslenk, das bekannte, dem Schäßburger Spital gehörige praedium, wage ich nicht dahin zu beziehen.

In zahlreichen Erinnerungstrümmern lebt auch der alte Donar oder Donnergott noch bei uns: außer dem „Rößchentanz" in Arkeden, der auf ihn zurückweist, führen auf ihn auch die Ururenkel im 20. Glied seiner eifrigsten Verehrer: die „dännerschlächtigen" Schäßburger und die wäderschlächtigen Tartlauer bei Kronstadt, welche letztere nach volksthümlicher Bezeichnung „auf den Hieb sind, wie die Szekler"; (der Tôrtler äs âf den häch wå der Zêkel!) ferner weisen auf den Donnergott zurück: der verhimert oder verhumert Kerl in Heltau, der gedannerschtig oder gewädert Kerl im ganzen Sachsenlande; auch mahnen die Ausrufe: ei zem danner ännen! dåt dich der dänner! — det blô feuer! an den Hammer und Hammerschlag des Thôrr: an Blitz und Donner.

Die Frau Holle hat sich in sächsische Märchen und in den fraholtegrôwen bei Nadesch zurückgezogen.

Der gewaltige Fenrir oder Fenriswolf, der im Kampfe gegen die Götter am Ende der Welt seinen Rachen so weit aufsperrt, daß der Unterkiefer die Erde, der Oberkiefer den Himmel berührt, wird von den wäderschlächtigen Tartlauern im Kampfe gegen ihre Frauen als grauen=erregende Scheuche noch herbeigerufen. Eine Tartlauerin klagte in einem Eheproceß wider ihren Mann unter anderem: er habe sie gar hart verwünscht, er habe gesagt: der wärlthangd saul dich frieszen! = der Welthund soll dich fressen!

Riesen, Zwerge, Kobolde, Waldgeister, Wassergeister u. dgl. sind in folgenden Namen Verwünschungen, Ausrufungen, Schelten enthalten und meist zu abgeblaßtem und leblosem Kinderspielzeug oder zu Kinder=scheuchen herabgesunken: ei dåt dich der môrlef oder mourlef! wofür auch: ei dåt dich der deuwel! ei dåt dich der kukuk! und scherz=haft: dåt dich — det mäuske beiss! verwendet wird; gång' zem môrlef! zem deuwel! zem kukuk! huel dich der môrlef, der deuwel, der kukuk! u. dgl. sprachliche Variationen sind gang und gäbe; der mourlef ist auch Hattertname bei Zenдersch; der môrlef durch

Lautverſetzung und Lautſchwächung aus môrâlf entſtanden, iſt aber ein Schwarzelfe oder böswilliger alter Hausgeiſt, der den Menſchen mancherlei Schabernack ſpielt; auf ihn weiſen auch die Schelte: älfsgeſicht, wobei an einen Wechſelbalg für ein Menſchenkind erinnert wird; ebenſo: schoaselt, birreschoaselt, groal, garstiger groal, groaliger Kerl; —groal iſt auch Hattertname bei Mediaſch.

Die henjeschburg, der henjekäller, das henjegêsken in Schäßburg, der tórescheny, Entſtellung wohl aus Turſen, Name für Rieſe in Talmeſch überliefern uns das Andenken an die alten Hünen oder Rieſen.

Seit der Teufel in ſeinem Credit gefallen, iſt er nun in der Schelte: te bäst en tum deuwel! zum Kinderſpott geworden. In dieſem dummen Teufel ſteckt aber einer der alten Rieſen, die zu ihrem Zeichen gegenüber den pfiffigen Zwergen etwas dumm waren.

Die bäschgrîsz, wáld iwergrîsz, ballegrîsz, das letztere ſo viel als böſe Großmutter, ſind noch nicht verſchollene Größen; ebenſo die: batertrud, wäderhäx, hurlebusch; — der trudenzôp (bei Pferden) trudegeger, tridlen und tridler, trudefoss, im Kinderſpruch:

> trudefoss!
> dat et net gerôde moss!

Der grumpes und pellewelles haben ſich bei uns in Kloß und Knittel verwandelt aus dem grampus (Niclas = Chriſtmann) und aus pilwiz dem alten Zwerg. Ob in dem krästgrumpes nicht der Juleber ſteckt, welcher bei der Winterſonnenwende der Freya geopfert wurde?

Mit dem pêlzmierten, dem bageunsak (Steckindenſack), dem bobelotz, bubusch, bilibau oder babáu und mumesch, dann dem hôkenmân, der brannefra ſchreckt man unartige und unfolgſame Kinder. Der Babau erinnert an Goethe's „alte Baubo“, welche er in ſeiner Walpurgisnacht bei der Hexenfahrt heranziehen läßt.

Wie für den Teufel unſere ſchwachnervige Zeit das wenig wirkſame Surrogat des Kuckucks und des Mäuschens eingeführt hat; ſo hört man auch ſtatt der Schreckgeſtalten eines bobelotz und mummesch ſchon häufig den: dîtdernäst (Thutdirnichts) und den nemest (Niemand) oder höchſtens den kîpe- oder käpekratzer (Rauchfangkehrer) nennen: der käpekratzer kit en drît dich ewêg!

Die adventkrâm, das jôrsfârken, der grâsnâk, die magarz, der hölzerä Johannes ſind auch noch altheidniſches Rumpelwerk.

Im gotsbôrig oder gotsbergel, dem ropenzogel (in Weſtphalen ropenkerl, bei Ropenzogel iſt nicht an den Waldgeiſt Rübezahl im ſchleſiſchen Erzgebirge zu denken), im îmchen (Heimchen), womit jetzt

ein verbutteter Schwächling bezeichnet wird, sind auch altpensionirte Haus=
kobolde versteckt.

Der bîsakes (vom agez, uogi dem pfiffigen Meisterdieb stam=
mend und in die Logimythe hineinreichend) ist jetzt allein eine harm=
lose Schelte für ein munteres unruhiges Kind geworden.

> Bîsakes!
> drâg hûlz änt bakes!

Der henzempenz, der kratzewetz, der hepentep sind die lustigen
Gesellen in den Kindermärchen, die bei Hochzeiten selten fehlen:

> Der kratzewetz wôr uch dô,
> Der hepentep kâm uch nô,
> meny mër äs aus etc.

ist häufig der Schluß in Kindermärchen.

Dieselben Heldengestalten erscheinen auch im Spruch beim Reihen=
spiel der Kinder, welcher den Brautritt ins Elfenland oder in des
Däumlings Reich (der domenoa) besingt:

> Sûle mer regde frâen,
> än de domenâen,
> der kratzewetz wôr uch dô,
> der hepentep kâm uch nô etc.

Der sächsische kratzewetz ist mit dem Katzebutz und Katzenweit
in der Gegend von Hanau identisch und hat sich nur im Sächsischen
durch die Wortähnlichkeit verleitet, in eine Gurke verwandelt; denn
eigentlich sollte es katzebötz lauten; — und katzepelz, katzebir hängt
vielleicht auch mehr mit dem Kobold zusammen, als mit der Katze,
obwohl wir in der Redensart: et äs vuer de katz! auch: ein klein
wenig, etwas geringfügiges, nicht der Rede werthes, bezeichnen. Eine
bei Hermannstadt noch zuweilen gehörte Schelte ist das katzebötzen-
oder karrebötzenzoarchen, welches ebenfalls ein „muttertelliges" oder
armes îmchen bedeutet. Der henzempenz ist das Rheinländische hinzel-
oder heinzelmännchen. Der hepentep scheint unter den Zwergen die
Rolle des hinkenden Hephästos unter den Göttern gehabt zu haben, dessen
Auftreten, wie wir alle wissen, einst jenes homerische unauslöschliche
Göttergelächter erregte.

Der domenhânz und das grô mäntchen gehören auch zum
Zwerggeschlecht.

Im bartesch scheint die Erinnerung an einen gutmüthigen
Hauskobold zu stecken. Giet dem bartesch uch en strämpel! ist
allgemein herrschende Redensart.

III.

Aberglauben in sächsischen Sitten und Bräuchen.

In der Thomasnacht wird an vielen Orten die Nacht versucht oder gemessen von „Knechten" (sächsische Burschen) und Mägden. Die Knechte zerbrechen an diesem Abend den Mägden den Spinnrocken und verbrennen ihn sammt dem Hanfbund daran (dem zôken). Daher nehmen die Mägde statt des Spinnrockens nur Stecken und statt des Hanfs schlechtes Werg an diesem Abend in die Spinnstube mit. In den 12 Tagen darf dann nicht gesponnen werden. In der Thomasnacht gehen manche auch Schätze graben. Auch reiten an dem Abend, noch mehr aber am Abend gegen den Georgs= und Johannistag, die Hexen auf Kühen in den Hof, wenn man nicht Zweige vom wilden Rosen= strauch oder ähnliches dornichtes Gezweig über die Hofthüre steckt. Die Pferdeköpfe auf den Zäunen halten auch Hexen und böse Geister ab. Daher versäumen an vielen Orten die Leute nicht, dem alten Brauch gemäß sich zu schützen; auch manche Ungläubige und Zweifelnde thun es in dem Gedanken: nützt es nicht, so schadet es auch nicht.

In den 12 Tagen von Weihnachten bis zum Dreikönigstag pflegt man in Stolzenburg keine Hülsenfrüchte zu essen, weil man sonst am Mund einen unheilbaren Ausschlag bekomme.

In dieser Zeit hütet man sich in Dürrbach kauend über die Schwelle zu gehen; denn das jôrschfärken und der gotsbôrig gehen um und — auch das Vieh wird in diesem Jahre sonst von den Maden gequält.

(Wie? und warum das? Ja darum fragt und kümmert sich der Aberglaube nicht, er denkt nicht, er glaubt; je ungereimter und dümmer etwas, desto eher und fester glaubt er. Das credo, quia absurdum est: ich glaube es, weil es widersinnig ist, ist bei ihm gleichsam Grundsatz. Und wenn etwas nicht gemäß seinen Aussprüchen ausfällt, hat man alle Entschuldigung zur Ehrenrettung des Aber= glaubens bereit. —)

Wie das Wetter in diesen 12 Tagen ist; so ist es nachher in den 12 Monaten des Jahres.

In dieser Zeit drischt man in Martinsdorf den Haber, weil ihn dann im kommenden Jahre nach der Aussaat die Erdflöhe nicht fressen.

In der Sylvesternacht scheut man sich an vielen Orten aus dem Hause zu gehen, weil derjenige, welcher im kommenden Jahre sterben soll, einen goldenen Sarg am Himmel sieht; auch halten an vielen Orten die Todten auf dem Kirchhof Kirche, nachdem ihr Pfarrer dreimal auf einem weißen Pferde um die Kirche geritten.

In Neudorf glaubt man, daß in der Neujahrsnacht das Vieh in der Geisterstunde spreche; wer aber die Sprache höre, müsse in dem Jahre sterben. Darum wagt es Niemand in der Nacht in den Stall zu gehen.

Ju Bodendorf, Streitfort, Zuckmantel wurden bis in die letzte Zeit von Burschen in der Neujahrsnacht Strohbündel aus ausgedroschenen Garben auf Bergspitzen angezündet.

An vielen Orten werden am Sylvester (an einigen am Neujahrs= tag) unter dem Läuten die Obstbäume mit Stroh umwickelt; dann tragen sie im nächsten Jahre reichlich. So geschieht es noch in: Denndorf, Schaas, Feldorf, Neudorf, Streitfort, Stein, Bekokten rc.

Auf mancherlei Art wird in der Neujahrsnacht die Zukunft ersehen oder erforscht.

Ist der Himmel in dieser Nacht heiter; so legen die Hühner im Jahre viele Eier. (Meschendorf.)

In Mühlbach und sonst wird in der Neujahrsnacht der Zwiebel= kalender gemacht.

Man legt 12 Zwiebelhülsen auf einen Teller, gibt jeder den Namen eines Monats, salzt sie und stellt sie hinaus aufs Fenster. Nach der größern oder geringern Menge der bis zum folgenden Morgen in den Schalen befindlichen Flüssigkeit bestimmt man die Regenmenge der durch Schalen bezeichneten Monate des kommenden Jahres.

In der Neujahrsnacht wird auch von manchen Mädchen der künftige Bräutigam erforscht entweder durch Bleigießen oder man schöpft schweigend Wasser vom Brunnen, füllt ein Glas damit, schlägt ein Ei hinein und weissagt dann aus der Gestalt desselben am folgenden Morgen. Auch holen manche rückwärts gehend Holzscheite vom Holzlager; ist die Anzahl eine gerade oder ungerade wie das Jahr, so heirathet man innerhalb Jahresfrist.

Auch werden Immergrünblätter auf die Feuerstelle oder auf eine heiße Feuerschaufel gelegt; kräuseln sie sich, bedeutet es Glück; verbrennen sie, so stirbt man im Jahr.

Am Aschermittwoch wurde früher an vielen Orten ein Strohmann gemacht, geprügelt und zuletzt verbrannt. In Großschenk war dieser gekel aus Erbsenstroh.

In Denndorf dürfen am Aschermittwoch die Frauen nicht spinnen, weil sonst die Schweine Würmer bekommen; dem entsprechend glaubt man daselbst, daß die Schweine krepiren, wenn man die Schwalbennester zerstört.

Das Todaustragen, in Kronstadt bis zum Jahre 1714 bestehend, findet sich noch jetzt in Feldorf am Tage Mariä Verkündigung, in Braller am Himmelfahrstage. Der Tod, eine Strohpuppe, wird mit reichem Frauenschmuck und gelbem Schleier versehen. In Felldorf heißt man das: die Marienjungfer verbrennen. Unterbleibt der Gebrauch nur einmal, so ist die Folge, wie die Leute dort glauben, daß ein Bursche oder ein Mädchen in dem Jahre stirbt, oder ein anderes Unglück die Gemeinde trifft.

Am schwarzen Sonntag (Judica) darf man sonst nirgends hin als in die Kirche gehen; der Teufel geht um und sucht, wen er verschlinge. (Hermannstadt.)

An einem Freitag zwischen den Marientagen ist es gut säen.

In den Tagen der Kreuz= oder tauben Woche, sowie an den Quatembertagen ist es nicht gut säen.

Am Himmelfahrtstage darf nicht mit dem Bleuel geklopft werden; sonst schlägt der Hagel und zwar soweit im Felde als der Bleuel gehört worden.

Am Johannistage darf an vielen Orten nicht gearbeitet werden; sonst kommt Unglück über die Gemeinde.

Am Johannistage blühen die unterirdischen Schätze; aber nur Sonntagskinder sehen das Blühen und können die Schätze heben.

An manchen Orten hält man es nicht für gut, die in den Ofen geschobenen Brote, die Schafe und die Bienenstöcke zu zählen.

An einigen Orten soll es noch vorkommen, daß der Hirt, wenn er die Schweine zum erstenmale austreibt, es nackt thun muß. Als ein Pfarrer dieses abschaffen wollte, fragte ihn der Ortsvorstand, ob er alle Schweine bezahlen würde, die verrecken würden, wenn der alte Brauch unterbliebe? Ob der Pfarrer diese Verpflichtung übernommen, wird nicht erzählt.

So ist es hie und da noch geheimer Brauch, daß Hausfrauen um eine kalbende Kuh dreimal entkleidet herumgehen müssen.

An manchen Orten pflegten die Leute der Hausschlange jeden Abend in einem Teller an einem bestimmten Ort Milch hinzusetzen, damit sie das Haus vor Feuer und Unglück bewahre. (Agnethlen, Zuckmantel.)

Zum Schutze gegen das Wiesel, das als elbisches Wesen betrachtet wird, stellt man an manchen Orten noch in eine Stallecke einen Dreschflegel und einen Rocken mit Flachs oder Hanf und Spindel versehen, indem man spricht:

> Wô te e frâche bäst,
>
> se nom en spän
>
> oder enträn;
>
> wô te e mânchen bäst,
>
> se nom und dräsch
>
> oder entwäsch!

Auch halten manche ein ausgestopftes Wieselfell im Stall, um das Eiter der Kuh damit zu reiben, wenn die Milch blutig ist.

In Arkeden braucht man den Namen „Maus" bei dem Vieh nicht; sondern nennt sie Erbhasen.

Die Maulwürfe versucht man an manchen Orten zu vertreiben, indem man eine Spule, woran der Faden verkehrt gesponnen worden, mit dem verkehrten Ende in die Erde steckt.

In mehreren sächsischen Ortschaften, so in Bodendorf, Draas, Hameruden wird nach der Trauung eines jungen Paares dem Pfarrer eine schwarze Henne dargebracht.

An manchen Orten pflegen die Leute, wenn sie im Frühjahr zum erstenmale mit dem Pfluge aus dem Hofe fahren, eine Kehrruthe, oder ein Messer oder das Pflugeisen (kûlter) ins Thor zu legen und darüber weg zu fahren.

Am Ostertage werden an vielen Orten auch die Frauen begossen, weil sonst der Flachs im Jahre nicht wachsen würde. Darum lassen es die Frauen auch willig über sich ergehen.

In Kleinschenk pflegen manche bei Hagelwetter ein Messer vor die Thüre zu stecken, damit das Wetter Halt mache und nachlasse.

In Henndorf wird bei dem Herannahen eines Gewitters in manchen Häusern geräuchert.

IV.

Abergläubische Verwahrungs= und Heilmittel, Sprüche und Segen.

Der Aberglauben macht einen Unterschied zwischen Wunder=thätern, welche übernatürliche Kräfte heilsam und in Gottes, in Jesu, der Apostel und Heiligen Namen u. dgl. und Zauberern, welche übernatürliche Kräfte schädlich und in des Teufels Namen und mit deffen Hilfe wirken laffen. Das erfte verdient Dank und Verehrung, das zweite Strafe und Abscheu und ift: fluchwürdig. Krankheiten heilen, Schaden abwenden, böfe Geifter vertreiben u. dgl., namentlich auch durch heilfame Sprüche, wird gewöhnlich „büßen" genannt und diejenigen, welche die Kunft verftehen, heißen „Büßer" und Büßerinnen. Es gibt nun Leute, die nur für einiges, andere, die für Alles „büßen" können.

I. Das „Berufen" kleiner Kinder. Wenn Kinder fcheinbar ohne befondere Veranlaffung heftig weinen, fo glauben manche, diefelben feien durch das Anfchauen durch einen Fremden oder den böfen Blick einer Hexe bezaubert worden, was „berufen" genannt wird.

Volksthümliche Schutzmittel gegen das „Berufen".

1. Es wird dem Kinde an das Häubchen mitten über der Stirne eine Geldmünze oder ein rothes Band als Blickableiter genäht; die Leute fehen dann auf die Münze oder das Band, nicht auf das Kind und fo gefchieht dem Kinde nichts.

2. Man leckt dem Kinde immer, wenn es gewickelt („gefatfcht") worden, mit der Zunge ein Kreuz an die Stirne und fpuckt fodann gegen alle 4 Winkel des Haufes über das Kind aus. Diefes weiß, fo wie vieles derartige, jede „gute" Hebamme und übt es auch.

3. Man legt ein Meffer oder ein Stück verroftetes Eifen oder ein Buch in die Wiege unter das Hauptkiffen des Kindes oder einen Befen neben die Wiege. Diefes Mittel dient auch gegen den Alp.

4. Man macht ein Säckchen in Herzgeftalt, nimmt dann 3 Weizen= körner, 3 Kohlen, 3 Stückchen Weihrauch, etwas Knoblauch und ein Stückchen vom Glockenfeil, näht das Alles ein ins Säckchen und hängt es dem Kinde um den Hals.

Volksthümliche Heilmittel beim „Berufen".

1. Man kocht dem Kind ein Aefcherchen und zwar auf fol= gende Weife:

Man fchneidet von 3 verfchiedenen hölzernen Stubenecken und von 3 Thürfchwellen (dirpeln) je einen kleinen Span, nimmt dazu noch 3 obere Spitzen von verfchiedenen jungen Baumfproffen, legt dies zu= fammen in ein mit fließendem Waffer angefülltes Töpfchen, welches Waffer unter einer Brücke und zwar nicht gegen, fondern dem Fluße nach gefchöpft worden, wirft mit der Feuerfchaufel (dem ftôcheisen) dreimal glühende Afche hinein und läßt es zu einer Lauge kochen. Hier=

auf nimmt man eine mit Zwirn „gefädemte" und damit umwundene Nähnadel, steckt dieselbe nicht mit der Spitze, sondern mit dem Oehr in den Boden eines Trogs senkrecht ein, stülpt das Töpfchen zusammt der gekochten Lauge über die Nadel und setzt dieses Alles unter die Wiege in welcher das Kind liegt. Zieht sich nun die Lauge in den leeren Topf zurück, so ist es ein sicheres Zeichen, daß das Kind berufen und seine Genesung ist nun gewiß; bleibt aber die Lauge außen im Topfe stehen, so ist das Kind nicht berufen, sondern hat eine andere Krankheit.

2. Man schneidet von dem Riemen, an welchem der Klöpfel in der Glocke hängt, ein Stück, pulvert solches im Feuer und gibt von diesem Pulver dem Kinde zu dreimal in lauwarmem Wasser ein.

3. Man nimmt von einem auf Bäumen oder im Felde auf= gestellten schoasselt (Vogelscheuche), das man aber vorher nicht darf gesehen haben, ein Stück, aus dem das schoasselt besteht, pulvert solches und gibt es dem Kinde im Wasser ein.

4. Man nimmt, wenn das kranke Kind ein Mädchen ist, vom Vater, ist es aber ein Knabe, von der Mutter das Fußtuch aus dem rothen Schuh, taucht solches in den Urin ein und schlägt es dem Kinde um die Stirne.

5. Man leckt dem Kinde mit der Zunge ein Kreuz an die Stirne, speit gegen die 4 Winkel des Hauses und sagt dabei einen Spruch etwa:

> Zwei falsche Augen, die dich ansahen,
> Drei Gottes, die dir sie ausnahmen
> Aus deinem Gehirn,
> Aus deiner Stirn,
> Aus deinen Adern,
> Aus deinem Gefleisch.

Im Namen Gottes des Vaters, res Sohnes und des heiligen Geistes. Amen.

6. Man wirft 3 glühende Kohlen in ein Glas Wasser, bekreuzt dann mit der Hand oder einem Messer den Becher, wäscht darauf von diesem Wasser dem Kinde den Kopf und flößet ihm etliche Tropfen ein. Dieses Mittel gehört unter die ganz allgemeinen und ordinären und eine Mutter, die allein dieses kennt, wird für unerfahren und dumm gehalten.

II. Mittel gegen das Hundsalter (Elterlein) bei den Kindern:

Nach dem Brotbacken steckt man das Kind, das damit behaftet ist, in den Ofen, der aber so heiß sein muß, wie das Kind es nur aushalten kann; die Krankheit muß dann entweichen und das „ver= knorzte" oder „knibeduzige" knüpft dann auf und wächst.

III. Mittel gegen das Fieber (de fri§r, e freist un der fri§r).

1. Man trinkt in einer Schenke Wein und geht dann weg ohne etwas zu sagen und ohne zu zahlen; man läßt aber statt der Zahlung ein Kleidungsstück zurück, das mehr werth ist.

2. Man deckt den Fieberkranken mit 9 Kleidungsstücken von verschiedener Art und Farbe.

3. Man geht unter einem bei 7 Hattertbrunnen oder Quellen und trinkt daraus.

4. Man geht am frühen Morgen in den Garten, achtet darauf, daß man nicht gesehen wird, sieht selbst nicht zurück und schüttelt ein junges Bäumchen heftig, dann fährt das Fieber in den Baum.

5. Man geht an einen Bach oder Fluß, wirft, indem man dem Flusse den Rücken kehrt, etwas hinein; dann fließt das Fieber fort. Aber man muß sich sogleich entfernen und darf nicht zurücksehen.

6. Man läßt, indem man spazieren geht, unvermerkt etwas fallen; wer dieses dann findet und aufhebt, bekommt das Fieber und der andere wird frei. Doch kann sich der ehrliche Finder gegen den Zauber schützen, wenn er dreimal auf das Gefundene spuckt. Spucken ist überhaupt ein Mittel gegen alle Zauberei.

Da das Fieber bei uns häufig vorkommt, so sind die volksthümlichen Verwahrungs= und Heilmittel dagegen Legion. Auch wunderthätige Salben für Fieber und alles mögliche kennt unser sächsisches Landvolk u. zwar aus Bären=, Hasen=, Schlangen=, Hundsfett, aus Schnacken= oder Gelsenfett u. dgl. und kluge Apotheker besitzen das Alles und geben merkwürdigerweise, wenn sie ihrer vergessen, oft aus einem Topf: Bären= und Schlangen= und Schnackenfett und Regenwürmeröl (sächsisch schlécheniel) u. dgl. und mancher schlaue „Nachtskönig", dessen Aufgabe es auch ist, gefallenes Vieh und todte Hunde 2c. zu verschaffen, macht sich aus dem Fett eines krepirten Schweines oft mehr Geld als ein anderer von drei lebenden, indem er, um den Werth seiner Waare zu erhöhen, oft kleinere Portionen theurer verkauft als der Apotheker.

IV. Mittel, der Warzen los zu werden.

Man wasche sich täglich im „Hühnerkamp", oder man nehme, wenn das Feuer im Backofen gut brennt, so viele Erbsen als man Warzen hat, stehe vor das Ofenloch und zähle rückwärts ab z. B.: 10, 9, 8, 7, 6, 5, 4, 3, 2, 1, keine; mit dem letzten Worte werfe man alle Erbsen in den Ofen und laufe schnell fort, daß man dieselben nicht „patzen" hört.

V. Mittel wider die Schlafsucht.

Wenn Pferde getränkt werden, so faßt man das Wasser, welches sie aus dem Maul zurückfallen lassen, mit der hohlen Hand auf und trinkt es.

VI. Zaubermittel, um sich die Liebe Jemandes zu erwerben.

1. Man sucht sich irgendwie ein Stück Fußfetzen dessen zu verschaffen, den man gewinnen will, kocht dasselbe und trägt es dann immerfort auf dem Herzen.

2. Man nimmt von einem Regenfrosch die beiden hintern Schenkel, gräbt dieselben in einen Ameisenhaufen ein, damit das Fleisch von denselben abgezehrt werde; diese entfleischten Beinchen knüpft man dann in ein Schnupftuch und welche Person damit angerührt wird, die muß den Besitzer dieses Schnupftuchs lieben.

3. Am Johannistage, wenn die Nachtsglocke geläutet wird, spinnen zwei Mädchen gehend einen Faden und zwar so, daß die eine den Rocken hält, die andere spinnt. Diesen Faden theilen sie dann und tragen ihn beständig bei sich. Derselbe macht sie in der Liebe glücklich und bewahrt sie vor allerlei Unglück.

VII. Das Eigenthum in Haus und Hof, Keller und Stall, Gärten, Weinbergen, auf Feldern 2c. zu sichern, gibt es allerlei Sprüche und Segen. Gewöhnlich geschieht das Segnen, was man auch „versprechen" oder „binden" heißt, um 12 Uhr in der Nacht oder vor Sonnenaufgang und nach Sonnenuntergang, oder zu allen diesen Zeiten nach einander. Manche dieser Sprüche dürfen nur von einer Frau auf einen Mann und von diesem wieder auf eine Frau insgeheim übertragen werden, wenn sie ihre Wirksamkeit nicht verlieren sollen.

Als besonders kräftige „Diebssegen" gelten die folgenden:

1. Man geht um die Sache, die man „binden" will, dreimal herum und spricht bei jedem Umgang folgenden Worte:

> Dieb, ich bind' dich mit dem Band,
> Das da geht aus Gottes Hand,
> Mit welchem er den Teufel in der Hölle band,
> Daß du dich nicht mögest rühren,
> Weder an Händen noch an Füßen,
> Und du Dieb mußt bleiben stehn
> Und nicht mögest weiter gehn,
> Bis dich meine Augen ansehn.
> Im Namen Gottes des Vaters, des Sohnes und des
> heiligen Geistes. Amen.

Nun kann der Dieb zwar in den umgangenen Kreis hinein=, aber nicht mehr herausgehen. Daher muß man sich noch vor Aufgang der Sonne am folgenden Morgen hinbegeben und falls der Dieb da ist, denselben anstoßen und heimlich bei sich sprechen: „Geh hin in Teufels Namen! Denn wenn der Dieb an dem versprochenen Ort von der Sonne beschienen wird, so muß er in Staub zerfallen.

2. Man sucht sich einen Kreuzweg aus, macht um denselben in einiger Entfernung einen Kreis, stellt sich in die Mitte des Kreuzweges, erleget einen Kreuzer und zitirt den Satan mit folgenden Worten dahin: „Satan ich übergebe dir bis auf die und die Zeit diesen Wein= oder Bienengarten 2c., daß du mir denselben beschützen helfest und bis dahin sollst du mein Knecht sein.“ Man soll aber auch bei den größten Versprechungen und Zumuthungen des Satans nicht aus dem Kreise heraus= treten, sonst ist man verloren, ebenso, wenn der Beschwörer unter der Zeit stirbt.

3. Ein anderer Diebsegen lautet so:

Heute gehe ich aus unter den hellen Himmel, unter den freien Himmel, alle meine Freunde zu überseufzen, alle meine Feinde binde ich mit dem Band, wie die liebe Mutter ihr allerliebstes Kind gebunden hat. Mit dem ersten Bande binde ich alle meine Feinde: Im Namen Gottes des Vaters, des Sohnes und des heiligen Geistes.

Und wenn ich sehe, daß du nicht ein todter Leib bist, beschwöre ich dich um 3 Tropfen Blut: einen aus deinem Mund, einen aus deiner Kraft und einen aus deiner Mannschaft; daß du mich und mein Gut nicht angreifen magst; in Titum und Terrum Cornetundum sperre ich dich auf Ort und Stelle 24 Stunden, daß du nicht davon kannst. Des Herrn Jesu Christ war sein Leib und Blut mit gesegneter Kraft Gottes, mit dem süßen Namen Jesu, der am Kreuz gestorben ist. Im Namen Gottes des Vaters, des Sohnes und des heiligen Geistes. Amen.

Dieses wird gesprochen, indem man dreimal um das zu bindende Eigenthum geht und zwar vor Sonnenaufgang und nach Sonnen= untergang.

V.

Vermischter Aberglauben.

1. Wenn man einmal niesett, ist es Unglück, wenn zweimal und mehr= mal Glück; auch redet man von einem.
2. Wenn einem die Nase juckt, gibt es Aergerniß.

3. Wenn sich die Katze putzt und streckt, kommt ein Gast, ebenso, wenn eine Krähe auf dem Dache schreit.

4. Wenn man Eisen findet, ist's Glück.

5. Wenn 13 Personen bei einem Mahle an einem Tische beisammen sitzen, stirbt bald nachher einer von denselben.

6. Zwischen 11 und 12 Uhr, dann am Freitag ist es nicht gut, eine weitere Reise zu unternehmen.

7. Ebenso darf man zwischen Ostern und Pfingsten nicht das Quartier wechseln, nicht heirathen u. dgl.

8. Kommt Jemand uns mit vollem Gefäß entgegen, so steht uns ein Glück bevor; — mit leerem, — ein Unglück.

9. Wenn bei einer Reise ein Hase uns über den Weg läuft, haben wir Unglück, wenn ein Fuchs oder Wolf — Glück.

10. Wenn die Hunde zum Himmel gekehrt laut bellen, steht eine Feuers= brunst, wenn zur Erde gekehrt, — ein Todesfall in der Nähe bevor.

11. Wenn man von Blumen träumt, gibt es Freude, — von Wein= trauben, Thränen, Unglück, einen Todesfall; von Schweinen — Glück.

12. Das 7. Kind, im 7. Jahre und ein Sonntagskind, dem man die Daumennägel mit Mohnöl schmiert, sieht die Schätze, die in der Erde begraben liegen.

13. Wenn man die Pferde und überhaupt das Vieh mit einem Fetzen (zader) von einem Erhenkten streicht, werden sie fett.

14. Es ist nicht gut ein Zimmer, kurz bevor man auf Reisen geht, auszukehren.

15. Mit Springgras oder Springkraut kann man alle Schlösser auf= schließen und die verborgenen Schätze heben.

16. Ein Todesfall in naher Verwandtschaft bei einer Hochzeit bedeutet nichts Gutes.

17. Das Feuer folgt dem Brandstifter auf der Spur über Stock und Stein, Wasser und Wehr 2c.

    So glaubte man noch vor 50 Jahren allgemein.

18. Bevor man ein neues Haus bezieht, muß man einen Hund oder eine Katze zuerst hineinwerfen; sonst stirbt bald ein Familienglied.

19. Das Salz muß man in eine neue Herberge zuerst hineintragen, dann leidet man keine Noth.

20. Das Umsichgreifen einer Feuersbrunst kann man verhüten, wenn man auf die Nachbargebäude Brote aufsteckt, oder wenn ein Pfarrer im Ornate dreimal um die Brandstätte reitet.

21. Das durch den Blitz entstandene Feuer kann nur mit Milch ge= löscht werden.

22. Durch das Läuten — insbesondere mit Glocken, die für das Wetter gegossen sind — wird ein drohendes Ungewitter vertrieben; auch wird es von einem Grundstück oder Hause weggebannt, wenn man eine Axt in die Erde schlägt oder ein Messer davor steckt. Als einmal ein Zauberer dem Wetterführer winkte, er solle kommen, rief der aus der Luft: „ich kann nicht, der große Hund (die Glocke) bellt; auch bin ich gefesselt."

23. Ein Ertrunkener wird gefunden, wenn man in ein gehöhltes Brot ein Licht stellt und es fließen läßt; da wo das Licht verlischt oder das Brot stille steht, ist die Stelle, wo der Ertrunkene sich befindet.

24. Wenn Jemand in einem Flusse ertrunken ist und nicht gefunden wird, regnet es so lange und schwillt der Fluß an, bis der Todte gefunden ist.

25. Bei abnehmendem Licht darf man nicht ausweißen, sonst bekommt man Wanzen.

26. Am Freitag ändert sich das Wetter.

27. Wenn man bei Tisch Alles aufißt, wird schönes Wetter.

28. Wer verschimmelt Brot ißt, wird alt und reich.

29. Einer neu eintretenden Magd darf man das Essen nicht mißgönnen, sonst ist sie stets unersättlich.

30. Wenn man sich mit einer Nadel sticht, so steckt man die Nadel in den Speck; dann eitert die Wunde nicht.

31. Bei Besuchen muß man ein wenig sich setzen, sonst trägt man den Leuten im Hause den Schlaf fort.

32. Wer mit einem andern einen vergrabenen Schatz heben soll, darf nicht denken, seinen Kameraden zu vervortheilen, sonst verschwindet der Schatz.

33. Wenn man einen Todten über einen Hattert wegführt, ohne daß im Orte deßhalb geläutet wird, so zerschlägt der Hagel daselbst die Felder.

34. Wer ein vierblätteriges Kleeblatt findet, ohne es gesucht zu haben, dem steht ein Glück bevor; auch kann der die Truden (Hexen) sehen, wie sie Abends auf den Kühen heimreiten, den Trudengeiger voran.

35. Die Hexen und Zauberer haben kein Männlein im Auge und keinen Schatten; der Teufel hat ihnen beides zum Pfand genommen. Daran kann man erkennen, mit wem es nicht richtig steht.

36. Ein Wirbelwind entsteht, wenn der Teufel plötzlich eine Hexe erfaßt und mit ihr tanzt. Man muß sich hüten mitten in den Wirbel zu kommen, sonst nehmen sie einen mit, oder wenigstens den Hut u. dgl.

37. Wenn man bei einer Abreise etwas vergessen hat und darum um=
kehrt, ist das nicht gut.

38. Wenn zwei das Nämliche zu gleicher Zeit denken, so kommt ein
Paar Verliebte zusammen, oder es wird eine Seele aus der Hölle
erlöset.

39. Bei einem glücklichen Ereigniß muß etwas zerbrechen, sonst ist es
nicht gut.

40. Das Haus, an welchem Schwalben ihr Nest bauen, ist sicher vor
Erdbeben und Feuersgefahr.

41. In ein Haus, auf dessen Dach Donnerkraut wächst, schlägt kein Blitz.

42. Ueber die Hand Jemandem einschenken, ist nicht gut; man schluckt
im Grabe.

43. Eine leere Wiege wiegen, ist ebenfalls nicht gut.

44. Wenn man über ein Kind grätscht oder schreitet oder dasselbe
zwischen den Füßen durchgehen läßt, wächst es nicht.

45. Eine Beule heilt schnell, wenn man mit dem Messerrücken ein
Kreuz darauf drückt.

46. Wer ein erloschenes Licht wieder anblasen kann, wird Pfarrer.

47. Wenn der Wind stark geht, hat sich Jemand erhenkt und der Teufel
führt seine Seele durch die Luft.

48. Den Leib mit Knoblauch schmieren, bewahrt vor der Pest und
vor Zauberei.

49. Ein später geborenes Kind darf nicht den Namen eines früher ge=
storbenen derselben Familie erhalten, sonst stirbt es bald nach.

50. Bei jedem Kaufe von Vieh muß der Verkäufer von dem empfangenen
Gelde dem Käufer einen Glückspfennig (szerentsé pénz) zurück=
lassen, sonst hat er kein Glück.

51. Wenn ein Rabe oder eine Krähe einzeln in einem Orte krähet,
so steht ein großes Unglück bevor. (Das Unglück von Bun*) soll
durch einen ähnlichen Unglücksvogel vorausverkündigt worden sein;
wie überhaupt bei diesem Unfalle mancherlei Aberglauben zu Tage trat.)

52. Ebenso steht dem Hause, in dessen Hof eine Henne kräht, ein großes
Unglück bevor, wenn sie nicht sogleich getödtet wird.

---

*) Am 13. Mai 1870 nach 6 Uhr Nachmittag ergoß sich über das eine
Stunde oberhalb Schäßburg in einem engen Seitenthale der Kockel gelegene
Dorf Groß=Bun ein Wolkenbruch, dessen Gewässer innerhalb 2 Stunden über
60 Wohnhäuser sammt Wirthschaftsgebäuden und an 200 Menschen in denselben,
die in den Fluten ihr Grab fanden, mit sich fortrissen: ein Unglück, das durch
sein so plötzliches Hereinbrechen weithin allgemeines Entsetzen verbreitete.

53. Wenn bei Nacht der feurige Drachen Jemandem erscheint, so stecke man schnell eine Gabel in die Erde und er kann einem nichts anhaben.

54. Es ist nicht gut, wenn man Kinder, die noch nicht sprechen können, in den Spiegel sehen läßt.

55. Auf ein drohendes Ungewitter darf man nicht mit dem Finger zeigen.

56. Wer Geld in der Tasche hat, wenn er nach Neumond den Mond zum erstenmale sieht, dem steht ein Glück bevor.

57. Wenn es zuerst im Frühjahr donnert, so muß man sich dreimal überschlagen; das ist gut gegen Rückenweh.

58. Wenn man im Frühling die erste Schwalbe sieht, muß man sich ausschuhen und die Fußsohlen untersuchen; findet man ein weißes Härchen daran, so wird man glücklich.

59. Man soll einem Essenden nicht zusehen und die Bissen zählen, sonst gedeiht das Essen ihm nicht.

60. Den Brotlaib mit der oberen Rinde oder der angeschnittenen Seite auf den Tisch legen, bringt Unglück; ebenso immer und ewig zu sagen: wärlich und si wor hälf mir got! Daher sagen manche: wärnich und siwen hälf mich dåt!

61. Wenn das Holz im Feuer bissert und summt, muß es entzwei geschlagen werden, sonst entsteht Zorn und Streit im Haus.

62. Wenn die Milch beim Kochen überläuft, streut man Salz auf die nassen Kohlen, sonst springt das Eiter der Kuh; ebenso, wenn man sich nach dem Melken die Hand nicht wäscht.

63. Will man Sperlinge von einem Acker abhalten, so geht man Nachts zwischen 11 und 12 Uhr auf den Gottesacker, nimmt Erde von 7 Gräbern und streut sie auf den Acker.

64. Wessen Bienen durch eine Wolfsgurgel fliegen, der bekommt fette Schwärme.

65. Der Essig muß Freitag aufgegossen werden, sonst geräth er nicht.

66. Ist eine Kuh behext, so legt man den Abwaschfetzen ins Feuer oder der Kuh einen Kittel an und schlägt darauf. Die Schläge fühlt die Hexe, die dann kommt und um deren Einstellung bittet.

67. Wenn Jemand ein neues Kleid zum erstenmal anzieht, muß man ihn an den Haaren zupfen, sonst dauert es nicht.

68. Legt man einen Besen verkehrt hinter die Thüre, so können die Hexen nicht ins Haus.

69. Unter eines Baumes Wurzel, der nicht tragen will, legt man einen schwarzen Hund oder eine schwarze Katze.
(Da liegt dann — der Hund begraben.)

70. Springt oder kracht oder fällt etwas im Hause: ein Spiegel, ein Bild, ein Glas u. dgl. ohne sichtbare Veranlassung, so steht ein Todesfall daselbst bevor.

71. Will man wissen, ob ein Kranker mit dem Leben davon kommt, so schmiert man seine Fußsohlen mit Speck und wirft diesen einem Hund vor; frißt er, so wird der Kranke gesund, im Gegentheil stirbt er.

72. Wenn etwas Lebendiges: eine Katze, ein Hund u. dgl. verloren geht, so ruft man ihm dreimal durch das Ofenloch, dann kommt es zurück.

73. Wenn es am Medardus regnet, so regnet es 40 Tage.

74. In Galt legt man zur Zeit der Cholera oder Pest ein weißes Hemd auf den Zaun; dann kommt eine fremde nackte Gestalt, nimmt das Hemd, geht fort und damit schwindet auch die Cholera oder Pest im Ort. Das Hemd muß in einer Nacht gesponnen, gewoben, genäht und gewaschen worden sein.

75. In Radosch wird nicht leicht ein kleines Kind allein gelassen aus Furcht vor dem bösen Alp.

Dieser Aberglauben, meinen verständige Radoscher, sei sehr heilsam. Denn würde man den Müttern nur einfach die Sorge empfehlen, die Kinder sollten nicht aus der Wiege fallen, so würde manche Mutter denken: nun dein Kind wird ja sobald nicht erwachen und würden ihren Geschäften nachgehn und auch des Kindes lange vergessen. So aber fürchten sich alle vor dem bösen Alp, daß sie auch die kürzeste Zeit das Kind nicht allein lassen.

76. Die ganz kleinen Kinder werden in Radosch nie schlafen gelegt, bis man sie nicht gebadet hat, weil sie sonst klein bleiben, wie die Zwerge.

Auch dieser Aberglauben, meinen die verständigen Radoscher, sei sehr gut und nicht aufzugeben. Badete man nämlich die kleinen Kinder nicht fleißig, so würden sie von dem Schmutz und Unrath krank werden. Manche Mutter würde aber allein aus vernünftigen Gründen ihr Kind nicht so fleißig baden und dabei denken: nun, wenn du es auch einmal nicht badest, wird es ja nicht zu Grunde gehen. Ein andermal würde sie wieder so denken und so, wenn sie von Geschäften gehindert wäre, öfter das Kind ungebadet zu Bette legen, wovon es endlich erkranken könnte. Da nun aber der Glaube herrscht, das Kind würde nicht groß, wenn es auch nur einmal ungebadet niedergelegt würde, so läßt jede Mutter die übrigen Geschäfte so lange ruhen, bis sie ihr Kind badet, da keine es verschulden will, daß ihr Kind klein bleibe.

77. Wenn ein Kind zur Taufe getragen wird, darf man nicht durch ein Gäßchen gehen, sonst geht es, wenn es größer geworden, „merlen".

78. Kluge Kinder werden nicht alt.

79. Den kleinen Kindern muß die Mutter die Nägel zum erstenmale abbeißen, sonst lernen sie stehlen.

80. Wenn ein Kind die Hand gegen Vater oder Mutter aufhebt; so verdorrt sie.

81. Wer den Hirsetopf kratzt, dem regnet es auf der Hochzeit.

82. Wenn einem ein Zahn plötzlich ausfällt, so stirbt Jemand in der Familie.

83. Wenn Jemand gestorben ist, öffnet man die Fenster, daß die Seele hinausfliegen kann.

84. Wenn man das Vieh und Geflügel beim Schlachten bedauert, kann es schwer sterben.

85. Wenn der Hausherr stirbt, muß man es dem Vieh im Stall und den Bienen klagend mittheilen, sonst hat man Unglück.

86. Wenn ein schwer Kranker fälschlich todt gesagt worden, so lebt er dann noch wenigstens 10 Jahre.

87. Wie viele Tage die Frösche vor Georgi quaken; so viele Tage regnet es nach Georgi.

88. Wenn man zum erstenmale im Jahre den Kuckuk rufen hört und ihn fragt:

> Kukuk kniecht,
> sô mer riecht,
> wevel jôr sâl ich liewen!

und er dann weiter ruft, hat man nur das Kuckuk zu zählen, um die Zahl der Jahre zu erfahren.

89. Wer bestohlen worden, nehme eine schwarze Henne und esse an 9 Freitagen sammt dieser Henne nichts. Der Dieb wird entweder das Gestohlene zurückbringen oder sterben.

> (Die Leute heißen dieses die schwarze oder schwere Fast gegen Jemanden aufnehmen.)

90. Wenn eine Schwalbe unter einer Kuh hinfliegt, wird die Milch blutig.

91. Wenn ein Jäger auf die Jagd geht, darf man ihm nicht Glück wünschen, sonst schießt er nichts.

92. Wenn man die frischen Fußtapfen, welche der Dieb hinterlassen, in ein Säckchen thut und in den Schornstein hängt, so bekommt er die Auszehrung.

93. Wenn ein Mörder bald nach der That in die Nähe des Gemordeten kommt, so fangen die Wunden des Todten an zu bluten.

94. Die fallende Sucht (schwêr krinkt) wird den Leuten durch die Hexen angezaubert oder durch böse Menschen aufgeflucht.

95. Einer Erdkröte muß man aus dem Wege gehen, weil es eine Hexe sein kann.

96. Kommt man in seinem Geschäft oder in seinen Gedanken nicht fort oder zurecht, so ist man verhext.

97. Bei zunehmendem Mond muß man das setzen, was aus der Erde herauswächst, bei abnehmendem, was in die Erde hineinwächst, beim Vollmond Veilchen und Rosen.

98. Wenn die Gänse im Hofe schreien und sich waschen, so gibt die Kälte nach.

99. Wenn Wölfe und Füchse in einem Ort bis mitten auf den Platz kommen, dann ist die Theurung nicht fern.

100. Das Looswerfen, das Blumen= und Kleiderknopforakel wird auch noch allgemein, wenn auch mehr als Spielerei, denn im rechten Glauben daran angewendet.

VI.

Schluß.

Das Mitgetheilte dürfte wohl genügen, um eine beiläufige Vorstellung von der Macht und Herrschaft des Aberglaubens unter uns in Ihnen zu erwecken.

Ich bekenne mich zu der Ansicht, welche jeden Aberglauben, auch den sogenannten nützlichen und indifferenten, beseitigt oder völlig unschädlich gemacht wissen will.

Wie nun kann dieses Ziel am sichersten erreicht werden?

Zunächst dadurch, daß man die Quelle des Aberglaubens verstopft oder entfernt.

Die Quelle alles Aberglaubens aber ist die Unwissenheit über die Dinge der Natur und der menschlichen Seele. Aus der Unwissenheit entspringt dann die Furcht und diese bemächtigt sich der Phantasie, welche sofort, bevor noch der urtheilende und prüfende Verstand thätig sein kann, Wahnbilder schafft. Das ist denn die hohe Aufgabe der Schule, der Kirche, der Wissenschaft und Kunst: die Unwissenheit nach allen Beziehungen zu bannen und den Grund der Seele, aus welchem die nächtlichen Spuckgestalten hervorgehen, wenn nicht das Licht in sie hinabgedrungen, zu erleuchten und mit dem zu erfüllen, was die tiefern Herzens= und Geistesbedürfnisse vollends befriedigt. Die Mittel zu diesem Ziele sind: Mittheilung und Verbreitung verständiger Ansichten über die Natur und die menschliche Seele, Gewöhnung an richtiges Wahrnehmen und Urtheilen, Erfüllung des Gemüthes mit den hohen Ideen des Wahren, Schönen und Guten.

Weiterhin ist es nöthig, daß man den vorhandenen ererbten Aberglauben in allen Schlupfwinkeln sorgfältig aufsuche, hervorziehe und wie das ausgejätete Unkraut durch die Sonnenglut gedörrt und dadurch erst ganz vernichtet wird, durch das Licht der Erkenntniß denselben auflöse, zerstöre oder wenigstens unschädlich mache. Hier ist nun besondere Behutsamkeit und Klugheit erforderlich, soll der beabsichtigte Zweck nur halbwegs erreicht und nicht geradezu vereitelt werden. Ein plumpes Dreinfahren übereifriger Aufklärer scheucht den Aberglauben noch mehr ins Verborgene und in die Dunkelheit zurück, zumal wenn die Seele zur Aufnahme des Bessern und Richtigern nicht zuerst vorbereitet und empfänglich gemacht oder Besseres und Richtigeres gar nicht gezeigt und dargeboten wird. Das Gemüth will nämlich immer etwas haben, das es mit Liebe und Hingebung umfaßt und — um das Höchste zu nennen — hat es Gott nicht, so schafft es sich eine Carricatur davon, einen Götzen; das geht gar nicht anders und je reicher gerade das Gemüth angelegt ist, desto mehr verfällt es dann dem Wahn. Die Bilderstürmer verfehlten einst ihren Zweck auch deßhalb besonders, daß sie die Bilder bloß aus den Kirchen entfernten und äußerlich zerstörten, nicht aber auch in den Herzen der Menschen, daß sie dem Gemüthe dafür keinen Ersatz boten. Rein negative und destructive aufklärerische Schwarmgeister schaden daher oft mehr als sie nützen, indem sie einerseits statt den Aberglauben aus dem dunkeln Versteck hervorzulocken, denselben noch mehr zurückscheuchen und andererseits bei manchen Schwachen, bei denen der Aberglaube nur das Ueberkleid des Glaubens ist, durch ungestümes Dreinschlagen, durch Hohn und Spott mit dem Aberglauben zugleich den Glauben zerstören und den Unglauben oder Zweifel an Allem herbeiführen. Aus dem Unglauben aber, der nicht lange währen kann, schießt in kurzer Zeit wieder ein Aberglaube hervor, der weit schlimmer ist, als der erste.

„Unsere Zeit ist nur stark im Einreißen und selbst der Glaube ist in Gefahr", — ist schon oft geklagt worden.

> Die Welt wird Prosa immermehr,
> Der Glaube selbst ist ohne Wehr;
> Was hat das Ewige verschuldet,
> Daß man's nur nebenher noch duldet?

ruft schon der deutsche Dichter Platen und seit der Zeit ist die Welt scheinbar noch prosaischer, noch materieller oder stofflicher und sittlich schlechter geworden. Doch das ist eben nur Schein; im Stillen arbeiten die großen und kleinen Meister aller Wissenschaften bei allen Völkern an den Bausteinen für die fortschreitende neue sittliche Weltordnung und auch das Böse in der Welt dient ja widerwillig immerfort nur dem Guten und fördert dieses, wie das im folgenden Gleichniß prächtig ausgedrückt wird: „Die Natur ist eine Orgel, auf der unser Herrgott spielt und der Teufel muß ihm die Bälge dazu treten." Der dumme Teufel; er meint oft, er spiele und ist doch nur immer der vielgeplagte, keuchende Balgentreter. Ein sächsisches Sprichwort drückt denselben Gedanken noch einfacher aus, indem es den Teufel unsers Herrgotts besten „Vorläufer" (sächsisch perjo oder kalaus) nennt.

Dem deutschen Geiste, dem es vor Allem gegeben ist: zu glauben ohne Aberglauben, zu zweifeln ohne Verzweiflung, fromm zu sein ohne Heuchelei aus tiefinnerstem Gemüth, frei zu denken ohne frivol zu handeln, ist wiederum die hohe Aufgabe geworden, die Reformation weiter fortzuführen. Er wird diese Aufgabe lösen, wie er eine andere nur eben glücklich gelöst hat. Der Geist der Sittlichkeit, der Zucht und Ordnung muß zuletzt über alle unsaubern Geister den Sieg gewinnen — das haben die großen Erlebnisse unserer Tage zum Troste der Guten klar an das Licht gestellt.

Das einzige Heilmittel nicht nur für den Aberglauben, sondern auch für alle übrigen geistig=sittlichen Gebrechen der Zeit und der Menschheit ist die Bildung, aber nicht bloß die einseitige Verstandesbildung, bei der das Herz kalt und leer bleibt, sondern die volle harmonische Bildung des gesammten Menschen, deren Frucht: Gottesfurcht, Weisheit, Ruhe, edle Maßhaltung, Bescheidenheit, Demuth und Liebe sein müssen. Wo diese Merkmale fehlen, wo noch Unglaube, Leidenschaft, Anmaßung, Hochmuth, Rachsucht, Haß, Eigennutz u. dgl. sich finden, da hängen der Bildung, wie hoch sie in der Verstandesrichtung auch sein möge, noch die Eierschalen und Schlacken der Barbarei an.

Zwei Riesenmächte kämpfen in der Welt seit lange mit einander; die Dummheit und die Bildung. Die griechische Mythe versinnlicht dieses im Kampfe des Lichtgottes Apollo mit dem erdgebornen Drachen Python. Wenn es wahr ist, was man zu sagen pflegt: Mit der Dummheit kämpfen Götter selbst vergebens! so ist diese wahrlich eine große zu fürchtende Macht und weiterhin:

Dummheit mit Schlechtigkeit gepaart
Erzeuget Kinder schlimmster Art!

In der That kann man sagen: die Unwissenheit ist unter allen Tyrannen, die es gegeben, der größte und letzte, unter allen Kobolden, der drückendste Alp, welcher auf der geistig=sittlichen Entwicklung lastet, unter allen Zwingburgen das Zwing=Uri der Menschheit. Aber wie dem Tag die Nacht, dem Licht die Finsterniß weichen muß, so wird auch die Bildung über die Dummheit und Unwissenheit endlich die Oberhand gewinnen: der letzte Tyrann wird vertrieben, der drückendste Alp wird verscheucht und das Zwing=Uri genommen und zerstört werden und die Bildung, als die größere Macht, wird herrlich triumphiren.

Ja die Bildung allein nur macht auch wahrhaft frei, nicht der Buchstabe eines äußern Gesetzes. Darum müßte auch die Losung aller Völker zunächst nach diesem Lebensbrote zielen und lauten: Gebt uns Bildung! ächte, Geist und Gemüth erhebende und beseligende Bildung! Mit ihr wird und muß dann auch die Freiheit kommen. Freiheit zuvor und allein ohne die entsprechende Bildung ist ein schneidendes Messer oder ein Feuerbrand in der Hand eines Kindes. Das sagen die Worte des großen deutschen Dichters in dem Liede von der Glocke:

> Weh' denen, die dem Ewigblinden
> Des Lichtes Himmelsfackel leihn,
> Sie strahlt ihm nicht, sie kann nur zünden
> Und äschert Städt' und Länder ein.

Die Unwissenheit ist aber nicht nur die schlimmste, sondern auch die theuerste Sache in einem Lande; nur im Märchen hat der Dumme das Glück, im wirklichen Leben zieht er fast überall den kürzern und muß neben dem Spott obendrein die Zeche bezahlen. In Lügenmärchen und bei crassen Effectlügen wird oft zum Schluße hinzugesetzt: Wer's glaubt, zahlt einen Thaler. Wir lachen darüber; — mit Unrecht; denn zahlen wir nicht für unsere Leichtgläubigkeit gegenüber manchem Aber= glauben oft zehn= und hundertmal mehr?

Es ist in unsern Tagen wiederholt die Frage aufgeworfen worden, welche Wissenschaft die wahre Menschenbildung am meisten fördere, welche die erste, welcher der Preis zu ertheilen?

Wahrlich eine dornichte Frage; ähnlich der, welcher von den zwei großen deutschen Dichtern der größere, Goethe oder Schiller?

Meiner Ansicht nach gebührt der Preis nur allen Wissen= schaften zusammen, keiner allein. Wenn früher der Theologie und in neuerer Zeit der Naturwissenschaft der erste Rang von vielen zuerkannt worden, so war das eine einseitige, somit unrichtige Auffassung. Es liegt in dem Wesen aller Wissenschaften, die Wahrheit oder das Ewige in den Dingen zu suchen, darum sind sie alle gleichberechtigt; in ihrem Endziele und Endresultate kommen auch alle zusammen. Wenn nun die Naturwissenschaft, welche ihrem Wesen nach „mehr wie jede andere Wissenschaft berufen ist, ins Leben zu bringen und uns eine neue Grundlage für unsere gesammte Weltanschauung zu legen", schon vielen als die Königin aller Wissenschaften erscheint durch das, was sie in jüngster Zeit der Bildung geleistet hat, was wird sie erst dann denen sein, wenn sie im Bunde mit der Philosophie und den übrigen Wissenschaften, — denn allein würde sie nur ein loses chaotisches Aggregat unverdauter Kenntnisse aufspeichern und den Geist statt zu nähren und zu kräftigen, zuletzt stumpf machen — klar erwiesen, wie sie es erweisen wird: daß die physische und moralische Weltordnung ein Ganzes bilden, daß die Natur- und Vernunftgesetze übereinstimmen, daß die ganze Welt der Ausdruck einer in Allen wirkenden und lebenden Vernunft sein muß, wenn sie, die Naturwissenschaft, so zur Theologie der Zukunft oder der Wissenschaft der Wissenschaften sich emporgeschwungen haben wird, in welche alle übrigen Wissenschaften in ihren Endergebnissen einmünden? Dieses Ziel aller ist aber der lebendige Gott, der da war, der da ist und sein wird, in dem wir leben, weben und sind.

Doch

> Wer darf ihn nennen?
> Und wer bekennen:
> »Ich glaub' an ihn«;
> Wer empfinden
> Und sich unterwinden
> Zu sagen: ich glaub' ihn nicht.
> Der Allumfasser,
> Der Allerhalter,
> Faßt und erhält er nicht
> Dich, mich, sich selbst?
> Wölbt sich der Himmel nicht da droben?
> Liegt die Erde nicht hier unten fest?
> Und steigen freundlich blickend
> Ewige Sterne nicht herauf?
> Schau' ich nicht Aug' in Auge dir
> Und drängt nicht Alles
> Nach Haupt und Herzen dir
> Und webt in ewigem Geheimniß
> Unsichtbar neben dir?
> Erfüll' davon dein Herz, so groß es ist,
> Und wenn du ganz in dem Gefühle selig bist,
> Nenn' es dann wie du willst,
> Nenn's: Glück, Herz, Liebe, Gott!

Ich habe keinen Namen
Dafür. Gefühl ist alles;
Name ist Schall und Rauch.
Umnebelnd Himmelsglut.

Wenn die Naturwissenschaft, indem sie so manchen Aberglauben und Irrthum zerstört, auch den Alles zersetzenden Unglauben und Zweifel in einigen erzeugt und schwächern Naturen vor ihrer Gottähnlichkeit bange macht, daß sie es nicht wagen von dem Baume der Erkenntniß des Guten und Bösen weiter zu essen, um weise zu werden; so ist wieder gerade sie es, welche nicht nur den durch sie, oder richtiger, durch ihre im Siegesrausche allzukühn vorwärtsstürmenden und den Schluß= punkt der Erkenntniß voreilig feststellenden Anbeter — angerichteten Schaden wieder heilt und gut macht, sondern auch in den Endresultaten ihrer größten Jünger zur höchsten Weisheit und zur wahren Religiösität die Menschen führt. Wahrlich durch den unaufhörlichen Fortschritt zu immer neuen Entdeckungen wirkt die Naturwissenschaft gerade in unsern Tagen so belebend und geisterfrischend auf alle übrigen Wissenschaften und auf das gesammte Leben, daß man darüber die höchste Freude empfinden muß.

Wenn auch die Entwicklung der Menschheit im großen Ganzen oft in hundert Jahren nur unmerklich, fast nur um einen Hahnenschritt vorwärts kommt; ja, wenn auch einzelne Rückfälle auf frühere Stufen stattfinden, so geht es im Allgemeinen dennoch aufwärts und nach Alex. v. Humboldts ewig denkwürdigen Worten haben viele und wichtige Theile unseres Wissens über die Welt eine feste, schwer zu erschütternde Grund= lage erlangt.

So steht, um nur einzelne einfache aber große Resultate zu be= zeichnen, es

1. seit Copernikus fest, daß die Erde, die nur ein verschwindendes Pünktchen im Weltall, nicht aber der große Mittelpunkt ist, um den die ganze Welt sich drehen müsse, sich bewegt und daß alle An= strengungen der Zurückmänner, sie wieder zum Stillstande zu bringen, vergeblich und nichtig sind und der wahnwitzigen ferneren Behaup= tung gegenüber, daß sie stehe, ruft nun mit Galilei ein vieltausend= stimmiger Chor: und sie bewegt sich doch!

2. Das Aufhören der Hexenprozesse erfüllt mit der sichern Hoffnung, daß die Menschen allmälig immer mehr aufhören werden, auch wegen anderer Wahnvorstellungen sich gegenseitig zu hassen und zu verfolgen und das kurze Leben zu verbittern.

3. Es ist in der Welt trotz alledem und alledem lichter, freundlicher und besser geworden und ein rechter und inniger Glaube an Gott und Vorsehung muß auch die Ueberzeugung festhalten, daß es trotz manchen Schwankungen immer noch lichter und besser werden müsse.

Oft beim Ausgange des Winters geschieht es, daß Schnee und Eis noch längere Zeit Strom und Flur gefesselt halten, dann aber durch die milden Strahlen der Sonne und durch die Erdwärme nur einmal beide zerrinnen und verschwinden, ohne daß man es recht merkt. Das stille, unermüdete Wirken und Schaffen in den unzähligen geistigen Werkstätten der Wissenschaft, wie es jetzt mehr als je rege und lebendig ist, durchbringt in gleicher Weise, wie der milde Frühlingssonnenstrahl die Erde, alle Verhältnisse des Lebens und wird auch eine ähnliche Wirkung zur Folge haben. Die Macht und Herrschaft des Aberglaubens, wie ich sie geschildert, die Nacht und Finsterniß, welche auf der Welt wie eine Eiskruste noch lagert, darf uns daher nicht bange machen. So schließe ich denn mit den trostreichen und erhebenden Worten eines der kühnsten und tapfersten Ritter vom Licht, Ulrich von Hutten, welche derselbe über seine Zeit aussprach und die auf unsere Zeit nicht weniger passen: „O Jahrhundert, o Wissenschaften! Es ist eine Freude zu leben; es blühen die Studien; die Geister regen sich: du nimm den Strick, Barbarei und mache dich auf Verbannung gefaßt!“ Ja, ja

Die Nacht entweicht,
Der Tag bricht an,
Glückauf!

Anhang.

1. Die Feier des hundertjährigen Geburtstages von Alexander von Humboldt in Schäßburg.

Das Schäßburger Gymnasium A. B. feierte am 14. September 1869 ebenfalls den hundertjährigen Geburtstag von Alexander v. Humboldt, dem größten und edelsten „aller Welteroberer“, dessen Thaten in ewigem Ruhme leben werden, wenn auch sein Name in Vergessenheit sinken sollte. Obwohl hier nur eine engere Schulfeier beabsichtigt und nach keiner Richtung hin eine förmliche Einladung ergangen war, so hatten sich dennoch außer den Lehrern in Kirche und Schule unserer Stadt und der erwachsenen Schuljugend noch zahlreiche Freunde der Wissenschaft, Herrn und Damen versammelt, um durch den Tribut der Verehrung, welchen sie den Manen des großen Mannes darbrachten, sich selbst zu ehren. Die Feier fand im festlich mit Eichenlaub geschmückten großen Hörsaale des Gymnasialgebäudes um 10 Uhr Vormittags statt. Nach Aufführung eines Stückes aus Haydns „Schöpfung“ durch Schüler des hiesigen Seminariums sprach zunächst der Herr Schulinspektor, Stadtpfarrer und Superintendentialvicar Mich. Gottl. Schuller in einer der Würde des Festes angemessenen Anrede an die Versammelten über Grund und Berechtigung und Verpflichtung zur heutigen Gedächtnißfeier auch für unsere Schule und forderte dann in üblicher Weise den Gymnasialdirector Josef Haltrich auf, die Festrede zu halten, welcher sofort der Aufforderung entsprach und die folgende Rede hielt:

„Noch sind nicht volle zehn Jahre verstrichen, als das gesammte deutsche Volk nicht nur im eigentlichen Deutschland, sondern allüberall, so weit die deutsche Zunge klingt, ein Jubelfest beging, wie es großartiger, erhebender und weihevoller nicht gedacht werden kann. Damals galt es der Feier des hundertjährigen Geburtstages von Friedrich Schiller, jenem unserer beiden Dichterfürsten, der nach der willigen und beide ehrenden

Anerkennung seines großen Freundes die Fahne des Edlen wie Keiner stets hoch getragen, der durch die Erhabenheit seiner Dichtungen, wie durch die sittliche Hoheit und Würde seines ganzen Wesens auf sein Volk und auf die Menschheit so mächtig gewirkt; da war es wo Jung und Alt, wo Hohe und Niedere in dem edelsten Wetteifer bestrebt waren, Opfer des Dankes den Manen unsers unsterblichen Sängers darzubringen; heute, g. Anw., sehen wir das deutsche Volk, wenn auch in stillerer Weise abermals im Festschmucke den hundertjährigen Geburtstag eines Mannes begehen, der wie keiner bisher in solchem Umfang, den Geist und die Geheimnisse der Natur entziffert und der Menschheit erklärt hat, der eben so wie der große Dichter und nur in anderer Richtung als Lehrer und Bildner seines Volkes und der Menschheit segensreich gewirkt hat und noch fortwirkt. In allen Erdtheilen und unter allen Völkern, wo die Leuchte der Wissenschaft das Leben adelt und verschönt, wird der Name Alexander v. Humboldt seit lange schon mit Verehrung genannt. Mit hoher Festfreude und mit berechtigtem Stolze muß darum das deutsche Volk den heutigen Tag feiern, da ein Theil der Ehre, welche dem großen Sohne gezollt wird, auch ihm zufällt. Und so feiern denn auch wir, auch eines der Kinder der beglückten Mutter, wie früher das Gedächtnißfest des großen Dichters, so jetzt das Gedächtnißfest eines der größten Männer der Wissenschaft und zollen ihm gleichfalls Dank für die hohen geistigen Gaben, die auch uns durch ihn zu Theil geworden.

So wünschenswerth es auch ist, bei einem großen Manne genau zu erfahren, unter welchen Umständen sein geistiges Wesen sich entwickelt hat; so dürfte es der heutigen Festfeier doch angemessen sein, nur die Hauptzüge aus dem äußern Leben Alexander v. Humboldts zu berühren, länger aber bei der Bedeutung des Mannes für die Wissenschaft und das Leben zu verweilen.

Alexander v. Humboldt wurde am 14. September 1769 zu Berlin geboren. Ihm wurde durch die Gunst des Schicksals das hohe Glück zu Theil, daß die dunkeln Wolken der Noth und Lebenssorgen von ihm von der Wiege bis zum Grabe ferngehalten wurden; aber diese günstigen äußern Verhältnisse, die den Jüngling leicht zum trägen, geist= ertödtenden Lebensgenuß hätten verleiten können, dienten nur dazu, die Anlagen zur höhern Arbeit mehr zu entwickeln und freiwillig unterzog sich der strebsame Jüngling den größten Mühen und Gefahren im Dienste der Wissenschaft. Mit dem zwei Jahre älteren Bruder Wilhelm v. Hum= boldt, dem in anderer Richtung Deutschlands geistige Entwickelung auch Vieles verdankt, verlebte Alex. v. Humboldt seine Jugendjahre auf dem alten Familienſitze in Tegel bei Berlin. Eine vortreffliche Privaterziehung, die Nähe der an Bildungsmitteln ſo reichen Hauptſtadt, ſowie das eigene Streben förderten raſch die geiſtige Entwicklung Humboldts; ihn zog vor Allem das Aeußere der Natur= und Menſchenwelt an, während ſein Bruder der Kunſt und den philoſophiſch=äſthetiſchen Disciplinen der Wiſſenſchaft und dem Sprachſtudium ſich zuwandte. Darauf ſtudir= ten beide Brüder von 1786—1788 an der Univerſität in Frankfurt an der Oder, gingen 1789 nach Göttingen, wo Blumenbach, der be= rühmte Naturforſcher, lehrte; 1790 bereiſte Alexander v. Humboldt mit Georg Forſter, der Cook auf ſeiner zweiten Reiſe um die Welt begleitet hatte, den Rhein, Holland, England, und Forſter war es, der Humboldts Seele mit den Bildern einer überſeeiſchen Welt vollends erfüllte. Nach= dem Humboldt kurze Zeit das Amt eines Oberbergmeiſters von Ansbach und Bayreuth verwaltet und ſich durch einige naturwiſſenſchaftliche Ar= beiten bekannt gemacht hatte, bereiſte er Italien und die Schweiz; 1799 wurde ihm endlich das hohe Glück zu Theil, mit dem geiſtesverwandten Franzoſen Bonpland in die ſpaniſchen Colonien Südamerikas ziehen zu können. In gefahr= und mühevollen Wanderungen bereiſte er in fünf Jahren Cumana, Caracas, die Thäler des Orinoco und Rio Negro, die Inſeln St. Domingo, Jamaica, Cuba, den Magdalenenfluß, Quito, den Chimborazo, die Anden, den Amazonenfluß, Peru, die ganze Weſtküſte von Südamerika, Mexico; reiche Schätze von Beobachtungen und Samm= lungen waren die Frucht dieſer Reiſe, welche er mit Bonpland in einem großen Prachtwerk in den folgenden Jahren verwerthete. Nach dieſer großen Reiſe lebte Humboldt bis zum Jahre 1826 größtentheils in Paris; von da an in Berlin. Noch einmal im Jahre 1829 machte Humboldt auf Veranlaſſung und mit der fördernbſten Unterſtützung der ruſſiſchen Regierung in Begleitung von Ehrenberg und Roſe eine 6=monatliche Reiſe nach Sibirien an das kaspiſche Meer, den Ural, das Altaigebirge bis zur chineſiſchen Grenze und entdeckte auf dieſer Reiſe die Diamanten= gruben im Ural.

Vom Jahre 1829 an war Humboldt vor Allem damit beſchäftigt, das durch die eigenen Reiſen und durch das fortwährende Studium und den regen Verkehr mit den gelehrteſten Naturforſchern gewonnene reiche wiſſenſchaftliche Material zu verarbeiten und für die Welt möglichſt nutzbar zu machen; eine durch Mühen und Anſtrengungen nicht gebrochene, ſon= dern vielmehr geſtärkte Kraft des Körpers und Geiſtes begleitete den Mann faſt bis zum erfüllten 90. Lebensjahre. Nachdem er den 4. Band ſeines „Kosmos“ und damit gleichſam ſein Tagewerk vollendet, ſtarb

Humboldt am 6. Mai 1859; ihm ward am Ende seines Lebens die hohe Freude zu Theil, die Saat, die er gesät, in reichlichen fruchtschweren Halmen aufsprießen zu sehen. — Suchen wir nun nach dieser flüchtigen Lebensskizze die Frage zu beantworten:

Warum verdient Humboldt die hohe Verehrung, die ihm das deutsche Volk, die ihm die Welt zollt?

Das ganze Leben und Wesen des Mannes gibt uns darauf die Antwort.

Humboldt ist

1. wie wenige, ein Priester der Wahrheit. Groß und mannigfaltig ist das Reich der Wahrheit, welches die Wissenschaft überhaupt zum Ziele hat. Die Wahrheit in der Natur war es, welche Humboldt von frühester Jugend an lockte und zu ihrem treuesten Jünger und zugleich zum begeisterten und begeisternden Lehrer machte. Mit unverdrossenem Fleiße suchte er die Wunder des Himmels und der Erde zu erforschen und aus der vergleichenden lebendigen Kenntniß des Einzelnen zum Verständniß des Ganzen und der verborgenen Kräfte und Gesetze zu gelangen. Humboldt war es, der die früher chaotisch zusammen geworfenen Erfahrungen mit Scharfsinn und Klarheit ordnete, das Wesentliche vom Zufälligen trennte und das scheinbar Regellose unter erkannte Gesetze brachte. Humboldt wurde der Begründer der vergleichenden Erdbeschreibung; seinem Geiste erschlossen sich die Gesetze, nach welchen die organischen Geschöpfe auf der Erde verbreitet sind; die Wissenschaft über den Bau der Erdrinde, über die feuerspeienden Berge, über die Veränderungen der klimatischen Verhältnisse unserer Erde, über Luft, Licht und Wärme, Magnetismus, über die Meeresströmungen, über die Pflanzen- und Thierwelt u. dgl. m. verdankt Humboldt umfangreiche Erweiterungen und in vielen Beziehungen eröffnete er der Naturforschung ganz neue Gesichtspunkte.

Was der für seine Zeit bedeutende deutsche Naturforscher Haller vor mehr als hundert Jahren um die Geringfügigkeit der gewonnenen Naturerkenntniß zu bezeichnen, sagt:

Ins Innere der Natur dringt kein erschaffner Geist,
Zufrieden, wem sie nur die Schale weist

ist gegenüber den neueren Resultaten der Naturwissenschaften nicht mehr ganz wahr. So Vieles auch noch zu erforschen übrig ist und ewig übrig bleiben wird; „so haben doch — nach Humboldts Worten — viele und wichtige Theile dieses Wissens in den Erscheinungen der Himmelsräume wie in den tellurischen Verhältnissen eine feste, schwer zu erschütternde

Grundlage erlangt"; dann welche Triumphe feiern die Naturwissenschaften in den großen practischen Erfolgen der jüngsten Zeit, welche das gesammte Leben umgestalten. „Eine noch bevorstehende Erweiterung des Wissens findet Humboldt vorzugsweise in dem Contact mit der Außenwelt, der bei zunehmendem Völkerverkehr noch mannigfaltiger und inniger wird. Das Erschaffen neuer Werkzeuge der Beobachtung vermehrt die geistige, oft auch die physische Macht des Menschen. Schneller als das Licht trägt in die weiteste Ferne Gedanken und Willen der geschlossene electrische Strom. Kräfte, deren stilles Treiben in der elementarischen Natur wie in den zarten Zellen organischer Gewebe jetzt noch unsern Sinnen entgeht, werden erkannt, benützt, zu höherer Thätigkeit erweckt, einst in die unabsehbare Reihe der Mittel treten, welche der Beherrschung einzelner Naturgebiete und der lebendigen Erkenntniß des Weltganzen näher führen."

Sucht Humboldt selbst aus dem unmittelbaren Contact mit der Natur, aus den sorgfältigsten Beobachtungen und Vergleichungen das Wesen der Dinge und der Erscheinungen zu erkennen und zu erschließen; so verdammt er andere nicht, welche diese Erkenntniß auf anderm Wege suchen und zu finden meinen. So sagt er über die Philosophie: „Mißbrauch oder irrige Richtungen der Geistesarbeit müssen nicht zu der die Intelligenz entehrenden Ansicht führen, als sei die Gedankenwelt ihrer Natur nach die Region phantastischer Truggebilde, als sei der so viele Jahrhunderte hindurch gesammelte überreiche Schatz empirischer Anschauung von der Philosophie, wie von einer feindlichen Macht bedroht. Es geziemt nicht dem Geiste unserer Zeit jede Verallgemeinerung der Begriffe, jeden auf Induction und Analogien gegründeten Versuch, tiefer in die Verkettung der Naturerscheinungen einzudringen, als bodenlose Hypothese zu verwerfen und unter den edlen Anlagen, mit denen die Natur den Menschen ausgestattet hat, bald die nach einem Causalzusammenhang grübelnde Vernunft bald die regsame, zu allem Entdecken und Schaffen nothwendige und anregende Einbildungskraft zu verdammen."

War nun das Studium der Natur und ihrer Gesetze auch die Hauptaufgabe für Humboldt; so blieben seinem regen, vielumfassenden Geiste doch auch die andern Gebiete der Wissenschaft nicht fremd, wenn die Beschäftigung mit ihnen auch theilweise nur Mittel zum Zwecke war; so trieb er unter anderm noch in eingehender Weise das Studium der Geschichte, der classischen und modernen Sprachen und ihrer gesammten poetischen und prosaischen Literatur und es ist die Gelehrsamkeit und Belesenheit des Mannes auch in dieser Beziehung staunenerregend.

Humboldt verdient die hohe Verehrung, die ihm gezollt wird auch

2. darum, weil er, wie wenige, ein Priester des Schönen ist: „Die Deutschen", sagt Goethe in einem humoristischen Ausruf, „besitzen die Gabe, die Wissenschaften unzugänglich zu machen." Freilich, wenn man in manchen Büchern und nicht allein naturwissenschaftlichen Inhaltes seiner Zeit und zum Theil auch jetzt noch nichts als ein Conglomerat von trockenen Namen und Zahlen sieht, muß man ihm Recht geben. In dem „Kosmos", wie in den „Ansichten der Natur" sagt nun Humboldt, „habe ich zu zeigen gesucht, daß eine gewisse Gründlichkeit in der Behandlung der einzelnen Thatsachen nicht unbedingt Farbenlosigkeit in der Darstellung erheischt." „Den Naturschilderungen darf nicht der Hauch des Lebens entzogen werden!" In welch' unnachahmlicher Weise ist dieser Forderung von ihm entsprochen worden. „Humboldt trat", wie ein Biograph von ihm treffend rühmt, „mit dem gewonnenen Resultate seines Wissens wie ein überfließender heiliger Strom über die Ufer der strengen, wissenschaftlichen Priestergeheimnisse hinaus in die Fluren der gebildeten Welt; er durchbrach den Damm, der das Wissen vom Leben schied; er wollte nicht für die Gelehrsamkeit, sondern für die Menschheit wirken." Wie Herder in die geistliche Beredtsamkeit, Schiller in die Geschichtsdarstellung, so hat Humboldt in die Naturbeschreibung idealen Schwung und Poesie gebracht. Mag er uns die Wunder der Tropenländer schildern: die Stelle der Einsamkeit, die besondere Art der einzelnen Gestalten und ihre Contraste, die Kraft und den Reichthum der Pflanzenwelt, das Thierleben, das Geschrei der Vögel, welche das Brausen der Bergströme, die von Fels zu Fels stürzen, übertönen, die himmelanstrebenden Hochgebirge, die Steppen nnd Wüsten, das weite unermeßliche Meer mit seinen zahllosen Wundern, die Sternbilder des südlichen Himmels; — überall ist über die Darstellung eine maßvolle Fülle von lebendiger Schönheit ausgegossen, daß wir wie in einem prachtvollen und treuen Naturgemälde Alles zu schauen und mit zu erleben vermeinen. Die Natur in der Mannigfaltigkeit ihrer Erscheinungen ist ja in Wahrheit kein chaotisches Gewirre, sondern das schönste Kunstwerk, wo das Einzelne als Glied des Ganzen und das Ganze im Einzelnen geschaut werden muß und wie sie für die Erkenntniß so bedeutungsvoll ist, wie der Mensch seine Stellung in der Welt sich erst dann vollends klar machen kann, wenn er eine tiefere Einsicht in die Kräfte und Gesetze der Natur gewonnen; so bietet sich auch für die andern Seiten des geistigen Lebens eine nie geahnte Fülle von Nahrung dar; durch die mannigfaltigen Bilder des Schönen bereichert sie das Gemüth und wird

so eine unversiegbare Quelle der edelsten Genüsse; — und da gibt es kein ausschließlich bevorzugtes Land; jeder Erdstrich bietet die Wunder fortschreitender Gestaltung und Gliederung nach wiederkehrenden oder leise abweichenden Typen dar. Allverbreitet ist das furchtbare Reich der Naturmächte, welche den uralten Geist der Elemente in der wolkenschweren Himmelsdecke, wie in dem zarten Gewebe der belebten Stoffe zu bindender Eintracht lösen. Darum können alle Theile des weiten Schöpfungskreises vom Aequator bis zur kalten Zone, überall wo der Frühling eine Knospe entfaltet, sich einer begeisternden Kraft auf das Gemüth erfreuen."

So hat denn Humboldt durch den Reiz seiner wundervollen Darstellung nicht allein die Naturwissenschaften von dem Banne der Mißachtung erlöst und sie unter den übrigen Wissenschaften gleichberechtigt und gleichsam hoffähig und zu einem würdigen Glied der Bildungsfächer gemacht, welche alle bestimmt sind, den Geist von den Banden der Unwissenheit und des Aberglaubens zu befreien und sittlich zu veredeln, sondern auch den Natursinn unter den Menschen und die Empfänglichkeit für das Schöne überhaupt geweckt und belebt und in beredter Weise seine Zeitgenossen, sowie das kommende Geschlecht angeregt, „des Weltalls heilige Räthsel zu lösen und das Bündniß zu erneuern, welches im Jugendalter der Menschheit Philosophie, Physik und Dichtung mit einem Bande umschlang." Dankbar erwähnt Humboldt auch der Quelle, aus welcher er den Zauber seiner Darstellung geschöpft, der deutschen Sprache. „Das Wort," sagt er, ist mehr als Zeichen und Form und sein geheimnißvoller Einfluß offenbart sich am mächtigsten da, wo er dem freien Volkssinn und dem eigenen Boden entsprießt. Stolz auf das Vaterland, dessen intellektuelle Einheit die feste Stütze jeder Kraftäußerung ist, wenden wir froh den Blick auf diese Vorzüge der Heimat. Hochbeglückt dürfen wir den nennen, der bei der lebendigen Darstellung der Phänomene des Weltalls aus den Tiefen einer Sprache schöpfen kann, welcher seit Jahrhunderten so mächtig auf alles eingewirkt hat, was durch Erhöhung und ungebundene Anwendung geistiger Kräfte in dem Gebiete schöpferischer Phantasie, wie in dem der ergründenden Vernunft die Schicksale der Menschheit bewegt."

Der Mann, dessen Gedächtniß wir heute feiern, verdient die hohe Verehrung, die ihm gezollt wird, endlich

3. auch darum, weil er, wie wenige, ein Priester der Humanität und der Religion ist. Wo die Liebe zum Wahren und Schönen so feste Wurzeln geschlagen, daß sie das ganze Leben beherrscht, da muß auch das Gute sich zugesellen, da müssen auch die

schönsten Blüthen edler Menschlichkeit sich entfalten. Und in der That finden wir in Humboldt neben andern die Züge, welche den Charakter des Menschen am meisten adeln: Weisheit und Gottesfurcht. Diese offenbaren sich aber vor Allem in dem unablässigen Streben nach Erkenntniß der Wahrheit und in dem treuen Festhalten an derselben, in Beherrschung der Leidenschaften, in sittlicher Maßhaltung, im Frieden und in der Ruhe der Seele. Humboldt's Werke, sowie sein ganzes dem Dienste der Wahrheit gewidmetes Leben, geben Zeugniß von solchem Geiste.

„Ueberall" — sagt er in der Vorrede zu den „Ansichten der Natur" — „habe ich auf den ewigen Einfluß hingewiesen, welche die physische Natur auf die moralische Stimmung der Menschheit und auf ihre Schicksale ausübt. Bedrängten Gemüthern sind diese Blätter vorzugsweise gewidmet. „Wer sich herausgerettet aus der stürmischen Lebenswelle," folgt mir gerne in das Dickicht der Wälder, durch die unabsehbare Steppe und auf die hohen Rücken der Andeskette. Zu ihm spricht der weltrichtende Chor:

> Auf den Bergen ist Freiheit! Der Hauch der Grüfte
> Steigt nicht hinauf in die reinen Lüfte;
> Die Welt ist vollkommen überall,
> Wo der Mensch nicht hinkommt mit seiner Qual."

Die lebensvolle Schilderung der Steppen und Wüsten schließt Humboldt mit den Worten:

„Wenn aber in der Steppe Tiger und Krokodile mit Pferden und Rindern kämpfen; so sehen wir an ihrem waldigen Ufer, in den Wildnissen der Guyana ewig den Menschen gegen den Menschen gerüstet. Mit unnatürlicher Begier trinken hier einzelne Völkerstämme das ausgesogene Blut ihrer Feinde; andere würgen, scheinbar waffenlos und doch zum Morde vorbereitet, mit vergiftetem Daumnagel. Die schwächeren Horden, wenn sie das sandige Ufer betreten, vertilgen sorgsam mit den Händen die Spur ihrer schüchternen Tritte.

So bereitet der Mensch auf der untersten Stufe thierischer Rohheit, so im Scheinglanze seiner höhern Bildung sich stets ein mühevolles Leben. So verfolgt den Wanderer über den weiten Erdkreis über Meer und Land, wie den Geschichtsforscher durch alle Jahrhunderte das einförmige trostlose Bild des entzweiten Geschlechts.

Darum versenkt, wer im ungeschlichteten Zwist der Völker nach geistiger Ruhe strebt, gern den Blick in das stille Leben der Pflanzen und in der heiligen Naturkraft inneres Wirken; oder hingegeben dem

angestammten Triebe, der seit Jahrtausenden der Menschen Brust durch=
glüht, blickt er ahnungsvoll aufwärts zu den hohen Gestirnen, welche in
ungestörtem Einklang die alte, ewige Bahn vollenden."

Wer möchte da von heiliger Scheu und Ehrfurcht ergriffen, nicht
ausrufen: introite et hic dei sunt! Tretet ein, auch hier ist Gott!

Und diesem Manne haben winzige Geister wahnbefangener
Glaubenseiferer, die nicht werth sind, ihm die Schuhriemen zu lösen,
den Vorwurf der Glaubenslosigkeit, der Gottesleugnung gemacht und
zwar aus dem Grunde, weil der Name Gottes in dem „Kosmos" nicht
vorkomme. Einmal ist der angeführte Grund nicht wahr; dann bewiese
er aber, selbst wenn er wahr wäre, doch nichts; denn wie viele Bücher
mathematischen oder naturwissenschaftlichen, namentlich medicinisch=tech=
nischen Inhaltes u. dgl. gibt es nicht, in denen der Name Gottes eben=
falls nicht erscheint, ohne daß es vernünftiger Weise Jemandem einfallen
sollte, ihre Verfasser der Irreligiosität zu zeihen.

Aber ein ähnlicher Vorwurf ist ja auch anderen großen Männern
so Lessing, Fichte, Schiller gemacht worden, die doch zur geistigen und
sittlich religiösen Erhebung und Veredlung ihres Volkes und der Mensch=
heit ebenfalls unendlich Vieles beigetragen.

Wie über sie, so können wir auch über Humboldt im Hinblick auf
sein Leben und den Geist seiner Schriften mit dem Klosterbruder in Lessings
Nathan getrost und zuversichtlich ausrufen:

„Nathan, Nathan!

Ihr seid ein Christ! Bei Gott! ihr seid ein Christ, Ein bess'rer
Christ war nie!"

Nicht durch leichtes Lippenbekenntniß, sondern durch den viel schwe=
reren das ganze Leben hindurch dauernden Dienst in der Knechtschaft
Gottes in Erforschung der Wahrheit, durch Charakter und Leben wird
die echte Religion bewährt. „Es werden nicht alle, die zu mir Herr!
Herr! sagen in das Himmelreich kommen, sondern die den Willen thun
meines Vaters im Himmel" spricht ja auch unser Herr und Heiland.

Daß jedoch die Naturwissenschaften überhaupt von Gott abführen
sollten, ist eine irrige, längst widerlegte Behauptung. Denn was Baco
von Verulam von der Philosophie sagt, daß ein leichter Trank aus ihr
von Gott abführe, daß aber vollere Züge daraus zu Gott hinführten,
gilt auch von den Naturwissenschaften. Wer aber hat vollere Züge daraus
gethan als Humboldt?

Der Mann sollte nicht gottesfürchtig sein, der, wie ein deutscher
Schriftsteller von Galilei rühmt, ebenfalls „nie in seiner Seele eine

Leidenschaft aufkommen ließ, als die reinste und heiligste für die Wahrheit, der ein besserer Priester Gottes seine Wunder im Weltsystem, seine Wunder im Wurm offenbarte? dessen ganzes Leben ein ununterbrochener Gottesdienst war?"

> Zwei Bücher sind Dir aufgethan
> Die Liebe Gottes zu zeigen an,
> Sie heißen Bibel und Natur;
> In beiden erkennst du seine Spur;
> In Wort und That, in Geist und Sinn;
> So geh' und lies recht fleißig drin!

So ruft uns ein Dichterspruch zu und selig, wer Gott in einem dieser Bücher suchet und findet! Daß ihn Humboldt in der Natur gefunden, bezeuget der Geist in seinen Werken, bezeuget sein ganzes Leben und Wesen. Humboldt war lange Zeit nicht nur der wissenschaftliche Rathgeber der ganzen Welt, sondern auch in vertrautem Umgange seines Fürsten derjenige, von dem man stets die ungeschminkte Wahrheit zu hören gewohnt war.

So verdient denn der Mann der Wissenschaft, dessen Gedächtniß wir heute feiern, unsere, der Mit= und Nachwelt volle Verehrung, weil er ein Priester der Wahrheit, ein Priester des Schönen, ein Priester der Humanität und Religion ist, wie wenige.

Möge ein Hauch seines Geistes auch unter uns noch lange fortwirken zu unablässigem Streben nach Erkenntniß der Wahrheit, begeisternd und die Gemüther beseligend! Amen."

Nach dieser Rede erhob sich Pfarrer Georg Binder aus Keisd, der Mann, der nicht das geringste Verdienst hat, daß Humboldts Name an unserer Schule längst zu den gefeiertesten gehört und sprach tiefgefühlte Worte pietätsvoller Erinnerung aus seiner Universitätsstudienzeit über das Glück, den allverehrten Mann auch selbst gesehen zu haben, wenn er auch aus scheuer Ehrfurcht es nicht gewagt, mit demselben in persönliche Berührung zu treten. Zum Schlusse eröffnete er, daß er zu Ehren des heutigen Tages und mit dem Wunsche, daß Humboldts Geist an dieser Schule noch lange segensreich fortwirken möge, ein Bildniß von Humboldt — das er sogleich auch übergab — und das große geographische Werk: Karl Ritters Asien der Anstalt schenke.

Eine zweite Piece aus Haydns Schöpfung, von den Seminarschülern aufgeführt, schloß die so seltene Feier, die in ihrer schlichten Weise doch wohl geeignet war, auch einige bleibende Eindrücke geistiger Erhebung zu schaffen.

Noch verdient dankbare Erwähnung, daß bereits am Vortage des

Feſtes von Herrn Senator Fried. von Sternheim ein Bildniß Alexander von Humboldts in Goldrahmen gefaßt, der Schule geſchenkt worden und daß nachträglich Herr Pfarrer Georg Binder 10 fl. ö. W. als Grundlage zu einer Humboldtſtiftung an dem Schäßburger Gymnaſium widmete; „der Zweck der Stiftung möge durch plura vota der Conferenz beſtimmt werden." Durch zwei Verehrer Humboldts außerhalb Schäßburg, einem Vater und Sohn, die beide nicht genannt ſein wollen, welche den namhaften Beitrag von je 100 fl. ö. W. widmeten, kam die Stiftung ſchon im November 1869 zu Stande, ſo daß bereits im Jahre 1870 aus dem zur Verwendung kommenden Ertrage der Stiftung von Dowe: die Verbreitung der Wärme auf der Erdoberfläche und deſſelben: das Geſetz der Stürme für die Gymnaſialbibliothek angeſchafft werden konnten. Aber die im Schulprogramm des Jahres 1870 ausgeſprochene Hoffnung auf weitere Zuflüße erfüllte ſich leider nicht.*) Dieſes war denn auch die nächſte Veranlaſſung, daß der Herausgeber es wagte, die voranſtehende Vorleſung drucken zu laſſen, um einerſeits die edle Abſicht des Anregers und der beiden Hauptbegründer der Stiftung mit zu unterſtützen, dann um ebenfalls ein Dankesopfer darzubringen in Herbeiſchaffung eines Scherfleins für die Stiftung den Manen Humboldts, deſſen „Anſichten der Natur" und „Kosmos", welche wie eine Laienbibel das Evangelium der Herrſchaft des menſchlichen Geiſtes über die Natur, ſeiner Würde und Erhabenheit allen Gebildeten ſo vernehmlich verkünden, auch ihm, dem Laien in der Naturwiſſenſchaft fort und fort eine reiche Fülle von Belehrung, Troſt und Erhebung darbieten.

2. Statut über die Verwaltung und Verwendung der Humboldtſtiftung.

(Auf Grund der ertheilten Vollmacht des Begründers Herrn Georg Binder, Pfarrers in Keisd, feſtgeſtellt von der Conferenz des Schäßburger evangel. Gymnaſiums am 1. Dezember 1869 C.-Z. 34, 1869/70 und 12. Januar 1870. Conf.-Z. 46, 1869/70.)

§. 1. Die am 14. September 1869 für das evang. Gymnaſium A. B. in Schäßburg gegründete Humboldtſtiftung hat zum Zwecke: die Förderung des naturwiſſenſchaftlichen Unterrichts im Geiſte Humboldts.

§. 2. Die Aufgabe dieſer Stiftung iſt demnach im Beſondern:

a) In erſter Reihe: die Anſchaffung naturwiſſenſchaftlicher Werke für die Bibliothek des Gymnaſiums.

---

*) Das unangreifbare Stammcapital der Schäßburger Humboldtſtiftung betrug am Jahresſchluße 1870 und beträgt jetzt noch nur 229 fl. 69·5 kr. öſt. W.

b) In zweiter Reihe (f. §. 4) die Anschaffung anderer naturwissen=
schaftlicher Lehrmittel für das Gymnasium.

§. 3. Jeder dieser Stiftung zufließende Beitrag, wie klein er auch
sein sollte, ist unter Angabe des Spenders und mit den vo   em an
seinen Beitrag geknüpften besondern Bestimmungen, welche jedoch den
Bestimmungen dieses Statuts nicht widersprechen dürfen, in das für
diese Stiftung angelegte Gedenkbuch einzutragen.

§. 4. Sämmtliche eingegangenen Beiträge bilden das unangreif=
bare Stiftungsvermögen.

Von dem jedesmaligen Jahreserträgnisse desselben sind zuerst abzu=
ziehen: zwanzig Prozente — oder nach der etwaigen besondern Bestim=
mung eines Stifters von dem Ertrage seines zu dieser Stiftung geleisteten
Beitrages weniger oder mehr, jedoch höchstens fünfzig Prozente — welche
in solange zum unangreifbaren Stiftungsvermögen zu schlagen sind, bis
dieses die Höhe von 5000 fl. ö. W. d. i. fünftausend Gulden in österr.
Währ. erreicht hat. Mit diesem Zeitpunkt hat die Vergrößerung des
Stiftungsvermögens durch Zuschlag eines Theiles seines eigenen Erträg=
nisses aufzuhören.

Sodann kommen in Abzug weitere drei Prozente des jedesmaligen
Jahreserträgnisses des Stiftungsvermögens solange dieses Erträgniß unter
100 fl. öst. Währ., fünf Prozente, solange dasselbe 100 fl. bis 300 fl.,
zehn Prozente, sobald dasselbe über 300 fl. beträgt, als Remuneration
für die Verwaltung.

Der darnach sich ergebende Rest ist zu den §. 2 lit. a) bezeichneten
Anschaffungen zu verwenden.

Sollte dieser Restbetrag oder ein Theil desselben zu diesen An=
schaffungen nicht benöthiget werden, so tritt bezüglich der Verwendung
desselben §. 2 lit. b) in Kraft.

§. 5. Ueber die Verwendung des jedesmal zur Verfügung ste=
henden Stiftungsertrages entscheidet innerhalb der durch §. 2 und §. 4
gezogenen Grenzen über Antrag der Fachlehrer in den Naturwissenschaften
die Conferenz des Gymnasiums.

§. 6. Der Verwalter des Stiftungsvermögens wird von der
Conferenz frei gewählt und bezieht die §. 4 angegebene Remuneration.

Derselbe legt jährlich der Conferenz des Gymnasiums Rechnung.

Diese Rechnung ist im Sinne von §. 36, 16 der Kirchenverfassung
jedesmal dem löbl. Presbyterium A. C. zu Schäßburg zur Kenntniß=
nahme vorzulegen.

§. 7. Eine Veränderung der Substanz des Vermögens kann nur
durch eine Majorität von zwei Dritteln der Conferenz beschlossen werden.